KB072567

FUSION FANTASTIC STORY

가프 장편 소설

9급 공무원 포에버 Forever

9급 공무원 포에버 3

가프 장편 소설

초판 1쇄 찍은 날 § 2015년 2월 6일
초판 1쇄 펴낸 날 § 2015년 2월 13일

지은이 § 가프
펴낸이 § 서경석

편집부장 § 권태완
편집책임 § 한준만

펴낸곳 § 도서출판 청어람
등록번호 § 제387-1999-000006호
등록일자 § 1999. 5. 31
어람번호 § 제1-2050호

주소 § 경기도 부천시 원미구 부일로 483번길 40 서경B/D 3F (우) 420-822
전화 § 032-656-4452 팩스 § 032-656-4453
http://www.chungeoram.com
E-mail § chungeorambook@daum.net

ISBN 979-11-04-90109-6 04810
ISBN 979-11-04-90071-6 (세트)

FUSION FANTASTIC STORY

가프 장편 소설

9급 공무원
포에버
Forever

3

도서출판 청어람

9급 공무원 포에버

Forever

CONTENTS

1장
바른길이냐 쉬운 길이냐?

꿈속에서 탁대는 로르바흐를 만났다. 다른 날과는 좀 다른 꿈이었다. 우선, 배경부터 그랬다. 아련하고 아늑함을 주던 세계가 아니라 청명한 세계였다.

로르바흐는 직접 나타나지 않고 신관의 시녀처럼 생긴 여자를 내보냈다.

"제 이름은 슈리아입니다."

여자는 하늘거리는 옷자락을 팔랑거리며 말했다. 꿈이지만 선명한 백옥의 피부였다.

"나는 대마법사님을 만나러 왔습니다만."

"그분께서 저를 보내셨습니다. 따르십시오, 주인님."

"주인님?"

"대마법사님이 속한 세계를 가진 분이니, 주인님이라는 말로도 모자랍니다."

"쩝, 그게 또 그렇게 되나?"

탁대는 고개를 주억거렸다. 뭐 그리 나쁘지는 않았다.

슈리아의 발걸음은 마치 구름을 걷는 듯 보였다. 실루엣 사이로 드러나는 몸매 또한 조각에 다름 아니었다.

'라도혼 공국에서 호출한 건가?'

궁금했지만 묻지 않았다. 이름도 자세히 묻지 않았다. 혹시라도 또 30여 자에 가까운 풀 네임이 나오면 난감한 일이었다.

안개를 헤치고 걸어가자 하얀 성이 나타났다. 유럽 여행 중에 본 고성(古城)과 비슷한 고풍스럽고 웅장한 성이었다.

"여기라네."

로르바흐는 안개가 나풀거리는 샘물 앞에 있었다. 그 뒤로 장엄한 조각과 정원이 펼쳐졌지만 아름답다는 느낌뿐, 실체감은 와 닿지 않았다.

"그럼 저는……."

슈리아는 가벼운 목례를 두고 물러갔다.

"마법공국 라도혼에서 내 심부름을 돕던 마법 비서라네."

"그동안은 없었지 않습니까?"

"없기로는 이 성도 마찬가지지."

"성은 어떻게 된 거죠?"

"처음에는 그대의 꿈을 박살 내고 외부 세계로 나갈 생각만 했었지만 지금은 아니라네. 패황의 결계는 내 마법 능력 저편에 있으니, 노력으로 되지 않는 건 그대가 신의 능력을 넘어설 수 없는 것과 같은 이치… 그래서 그대의 꿈이지만 그곳을 재현하고 수양하고 있다네."

"이제 완전히 숙명으로 받아들이시는 거로군요."

"어쩌겠나? 이 또한 내 삶의 일부라면 현재의 처지에서 최선을 다할 뿐."

로르바흐를 감싼 빛이 가볍게 출렁거렸다. 그러고 보니 그는 볼수록 현자에 가까워지고 있었다. 한때 가혹한 숙명의 격랑에서 몸부림칠 때 엿보이던 사나움과 불협화음은 찾아보기 어려웠다.

"그럼 이게 마법공국에서의 대마법사님 성?"

"그중 하나라네. 아무리 꿈이지만 오랜 시간을 버티려면 하나 정도는 있어야겠기에……."

"그럼 아까 그 여자는요? 대마법사님의 시대에서 불러올 수 있는 건가요?"

"천만에, 그녀는 허상의 허상이라네. 그대의 꿈속에서 내가 만든 마법생명체에 불과해. 그래도 없는 것보다는 낫지 않겠나?"

"그렇군요."

"앉게나. 오늘 분투하느라 고단할 테니 슈리아가 피로를 덜어줄 걸세."

마법사가 안개 의자를 권했다.

'슈리아?'

조금 전에 사라진 그녀. 하지만 탁대가 의자에 앉자 그녀는 순식간에 눈앞에 나타나 온화한 안개를 탁대에게 부어 주었다.

개운했다. 마치 박하를 뒤집어 쓴 느낌이었다.

"할 말이 있는 눈치던데?"

슈리아가 사라지자 로르바흐가 말을 꺼냈다.

"오늘 굉장했거든요."

"검찰 말인가?"

"아시는군요?"

"내 일상에서 그대를 빼면 뭐가 있을까? 나의 전시안은 그대의 모든 것을 지켜보고 있다네."

"하핫, 모든 것은 좀……."

"걱정 마시게. 그대의 본능, 지극히 개인적인 것들, 또는 지극히 통과의례적인 것들은 전시안에서 예외적으로 걸러지고 있네."

"구체적으로……."

"말하자면 몽정이라든가 혹은 그대가 이성에게 갖는 남성의 감정 같은 거… 그건 이성이 아니라 본능이니 그것까지 엿볼 생각은 없네. 아, 생리 현상도 마찬가지지."

"믿어도 되나요?"

"대마법사의 이름으로 약속하네."

"쳇, 찜찜하지만 다행이군요."

"검찰이라… 우리 시대의 왕궁감찰단과 유사한 성격인 것 같더군. 강력한 권력과 무소불위의 집행력… 그리고 마음만 먹으면 누구 하나 멸문지화로 모는 건 일도 아닌……."

"뭐 지금은 조금 덜하지만 예전에는 날아가는 새도 떨어뜨렸어요."

"어느 시대나 그건 불변이군. 인간의 권력 놀이 말일세."

"아무튼 그 일 때문에 식겁을 했다고요."

"나아가 조직의 생리도 실감했고?"

"대한민국 공무원 조직에 대해 살짝 실망했어요. 저는 방송이나 인터넷 같은 거 보면 정의로운 법 집행에 대해 지지도가 높기에 그런 줄 알았는데 현실은 반대더라고요."

"이상과 일상은 다른 것이니……."

"그럼 제가 본 게 다 허상이었단 말인가요? 이 시대 사람들은 고위직이나 권력 집단의 안하무인적인 이기주의나 비리를 응징하는 걸 높은 가치로 쳐준다고요."

"아마 공론화되거나 표면화되어 거스를 수 없을 때만 그렇겠지."

"네?"

"그대의 시대에 대해서는 나도 공부를 게을리하지 않고 있네. 하지만 아쉽더군. 여론화되었을 때는 정의의 사도가 되어 동참하고 그렇지 않은 일에는 방관하는 방임주의……."

"오늘 제가 겪은 일도 그렇다는 건가요?"

"아닐까? 내 생각은 그렇네만……."

로르바흐의 말이 맞는 거 같았다. 만약 탁대가 집행한 일이 방송이나 인터넷에 올라가 검찰이 여론의 질타를 받았다면 은 과장과 용 팀장, 나아가 검찰의 어 계장까지도 탁대에게 고압적일 수는 없었을 것이다.

아니, 어쩌면 칭찬을 받았을지도 모른다. 부당하게 법을 집행하는 검찰에 대한 경종을 울린 '정의의 9급 공무원'이라고 말이다.

"어렵네요."

탁대는 고개를 저었다. 같은 일을 두고 다른 가치로 해석해야 하는 현실이 서글펐다.

"그게 그대의 소감인가?"

"그렇잖아요? 저 혼자의 힘으로 되는 게 아니니……."

"그래서 앞으로는 조직의 생리에 영합하려고?"

"아직은 잘 모르지만 쥐뿔도 모르는 제가 그 조직에서 살아 남아 4급까지 승진하려면……."

"길은 언제나 두 갈래지."

"무슨 뜻이죠?"

"바른길과 쉬운 길. 두 길 중에 최선에 이르는 길은 어떤 걸까?"

"마법사님의 시대와는 달라요. 제가 눈치를 보니까 우리 팀 장님은 수완가인데 고속 승진을 했다더군요. 그게 쉬운 길 아닐까요? 대마법사님에게도 필요한 일이고……."

"그럴 수도 있겠지."

"아니라는 거군요?"

"지방 공무원의 4급은 굉장한 자리라고 했지? 더구나 9급 공무원으로 들어간 입장에서는?"

"그건 확실해요."

"인정하네. 자네 시대는 인구가 넘쳐 좋은 자리에 대한 수요와 공급이 불일치를 이루고 있어. 어쩌면 라도혼의 마법수련생들이 클래스 6에 도달하는 것만큼 어려운 일이겠더군."

"클래스 나인이 아니고요?"

"미안하지만 그건 수 세기를 거쳐 한 사람 나올까말까 한 신적인 경지라네."

"아!"

"모쪼록 나는 그대가 그대의 자유가 시키는 길을 가길 바라네. 그 결정에 나를 개입시켜 의지를 왜곡하지는 말게나."

"제가 자유롭지 않다는 겁니까?"

"그대, 자유의 참뜻을 알고 있나?"

"이 시대의 사람은 다 자유롭습니다. 저도 그중 한 사람이고요."

"자네 시대의 사람들은 자유롭지 않네. 물론 자네도!"

로르바흐가 잘라 말했다.

"웬 태클이죠? 우리나라 헌법에도 명시되어 있다고요."

그건 사실이다. 헌법 제10조와 제37조를 보면 자유권에 대한 명문의 보장이 명시되어 있다.

모든 국민은 인간으로서의 존엄과 가치를 가지며, 행복을 추구할 권리를 가진다. 국가는 개인이 가지는 불가침의 기본적 인권을 확인하고 이를 보장할 의무를 진다.

"그건 문장에 불과하네. 마치 자네가 도서관에서 책을 보지만 머리에는 들어가지 않던 시절처럼……"

"대마법사님?"

"자네 시대의 사람들… 보편적 이념 수행에는 열심이더군. 하지만 자신의 자유의지를 수행하는 일에는 젬병이었네."

"무슨 뜻이죠?"

"자유란 말일세, 그 존재의 자의적인 가치와 존재 안의 내적인 활력을 자유로이 구현하려는 노력이 동반되어야 참된 자유라 할 수 있다네. 그런데 이 시대의 사람들은 어떤가? 다들 이념과 제도 안에 갇혀 있더군."

"무슨 이념이요? 전 좌파도 아니고 우파도 아닌데요?"

"자네 시대에, 혹은 그 이전 시대에 형성된 가치관, 사회질서, 그리고 관계와 관계에서 굳어진 고정관념, 그런 것들이 모두 이념의 파편들이네. 자네가 그것에서 자유로운가? 이념을 준수하면 만족도는 증가하네. 안정성도 높아지겠지. 하지만 그 또한 감옥이라네. 오늘 자네가 그 감옥을 겪었지 않나?"

'감옥?'

"보편적 이념이 자네 안에서 일상화된 것을 자기 기준으로 오도하지 말게나. 진정한 자유인은 자기를 침해하는 어떤 것에도 저항하는 거라네. 자네는 왜 살고 있는가? 주어진 틀 안에서 평생을 만족하려고 태어났는가? 한 번쯤은 자네가 그 틀을 정해 봐야 하지 않을까?"

"마법사님……."

"폭풍에 움직이지 않는 나무는 나무가 아닐세. 그건 죽은 나무야."

"저보고 쉬운 길이 아니라 바른길을 가라는 거군요?"

"아닐세. 나는 단지 두 길이 있음만을 알려 주는 것. 그중 어떤 길을 가는 것은 그대의 몫이라네."

"……."

"하지만 한 가지는 잊지 말게. 스스로에 대한 신뢰와 애정. 그게 있어야 인간은 존엄한 존재가 되는 걸세. 그건 내 시대나 그대의 시대나 마찬가지야. 스스로 존엄하다면 바른길이든 쉬운 길이든 상관이 없겠지."

"오늘 말씀은 어렵군요."

탁대는 고단한 미소를 지었다.

"그대가 바다에 나왔으니 거친 파도와 싸워 나갈 생각을 펼쳐 보인 것뿐이라네. 어쨌든 그대와 내가 한 몸인 것이니……."

"말씀은 다 옳은 거 같지만 말단인 제가 할 수 있는 일은 거의 없습니다. 아는 것도 없고 결재권자도 아니고……."

"처음에 하지 못하는 자는 나중에도 하지 못하는 법일세."

"……."

"하지만 자네는 이미 해냈네. 오늘 한 일이 바로 그 증거야."

"……."

"스스로 바른 일을 해놓고, 스스로 회의하지 말게."

"바른길이 제 운명이라는 거군요?"

"답은 이미 그대 안에 싹 텄음이라."

로르바흐는 그 말과 함께 희미해지기 시작했다.

'바른길과 쉬운 길이라?'

출근길, 시청사 앞에 선 탁대는 잠시 생각에 잠겼다. 어제 일을 생각하면 아직도 끔찍하다. 마치 혼자 남극 얼음 빙산 위에 놓인 듯한 무기력함과 싸늘한 시선들.

하지만 오늘은 오늘의 태양이 떠올랐다.

'어쩌면 대마법사님의 말이 맞는 건지도 몰라.'

사실 새벽에 눈을 뜨면서부터 그의 말을 곱씹던 탁대였다. 조직에 순응하는 것. 나아가 조직에 적응하는 것. 임용되는 순간 대다수 신규들의 마음에는 그 생각이 있었다. 그래야 공무원 생활이 편해지는 것이다.

'하지만!'

결국 그건 꼭두각시에 지나지 않는 일이었다. 팀장이 시키고, 과장이 시키는 대로 지시를 기다린다면 인간 조탁대는 어디에도 없다. 엄청난 참상을 빚은 선박 사건도 결국은 선장이 자유 의지를 가지지 못하고 회사의 지시를 확인하다가 키운 참극일 테니까.

게다가 어제 일은, 과정은 최악이었지만 결과는 나쁘지 않았다. 운이 좋았다고 봐야 하지만 운도 실력인 세상이었다.

로르바흐에 대한 신뢰는 차원이 다르다. 마더는 말했었다. 부모 말을 잘 들으면 자다가도 떡이 생긴다고. 그런데 로르바흐의 말을 들었더니 마법이 생겼다. 더구나 그는 세계 3대 성인에 비춰 봐도 손색이 없는 위대한 업적을 이룬 대마법사. 비록 한순간의 과오로 시공간을 넘은 징벌을 받고 있지만 그만한 멘토는 지상에 없었다.

'그 증거……'

탁대는 손을 펴 보았다. 거기 화염이 일렁이는 거 같았다. 손에는 화염이 가슴에는 '순간접착'과 '순간독심'의 마법이 들어 있다.

'자유의지로 뽀대나게 결정하라?'

다른 건 모른다. 하지만 봉황시에서 주정차만은 조탁대가 시장이었다. 그런데 이걸 이 사람 눈치 보고 저 사람 눈치 보며 정당하게 집행하지 못한다면?

'그럼 시장 사표 내야지.'

결론이 나오자 미토콘드리아가 팽팽 돌아가면서 에너지가 확 끓어올랐다. 탁대는 산뜻하게 청사를 향해 진격했다.

"안녕하세요?"

청사에 들어선 탁대는 보는 사람마다 인사를 했다. 여전히 모르는 사람들 투성이였지만 간간히 아는 얼굴도 생겼다. 현관에서는 방호장 맹대우와 방호원 우만기가 그들이었다. 방호원들은 원래 기능직이다. 하지만 최근에는 전직 시험을 거쳐 일반직으로 전환된 사람도 많았다.

다만 정년이 가까운 사람들은 시험을 보지 않는 경우가 많다고 한다. 이제 몇 년 안 남았으니 굳이 골치 아픈 공부를 하고 싶지 않은 것이다.

"탁대 오빠!"

3층에 올라설 때 뒤에서 수애의 목소리가 들렸다.

"수애 씨!"

"자판 커피 한 잔 할래요?"

"나 사무실에 아직 안 들렀는데?"

"아까부터 기다렸거든요. 잠깐이면 되요."

수애는 탁대를 3층 복도 끝의 자판기 앞으로 끌었다.

딸깍!

꼴꼴꼴 소리와 함께 커피가 나왔다. 수애가 커피를 내밀었다.

첫맛이 좋았다. 도서관에서 같이 스터디를 할 때도 수애와 커피를 마신 적은 많았다. 그래도 오늘처럼 맛난 적은 없었다.

"어제 대박 사고쳤다면서요?"

수애가 주변을 살피며 물었다.

"그게 벌써 소문 돌았어?"

"퇴근할 때 주임님에게 들었는데 늦은 밤이라서 전화 못 했어요. 괜찮은 거예요?"

"보다시피."

"어휴, 나는 걱정되어서 죽는 줄 알았네."

걱정하는 수애를 보니 마음이 찡해졌다. 탁대 스타일은 아니지만 정말 착한 여자였다. 하지만 세상이 다 착한 건 아니다. 특히 수애의 어깨 뒤로 등장한 이팔호가 그랬다.

"조탁대 씨!"

이 시키, 나이도 어린놈이 절대 형이라고 부르지 않는다.

"오, 잘나가는 감사관실 직원님!"

밉상 이팔호는 탁대의 말은 듣지도 않고 자기 할 말만 내뱉었다.

"오전 중에 감사관실로 출두하세요. 우리 팀장님 지시입니다."

"검찰 딱지 건이냐?"

탁대가 쏘아보았다.

"와보면 알아요."

팔호는 그 말을 두고 가버렸다.

"팔호 씨 좀 그렇지 않아요?"

커피잔을 만지작거리던 수애가 말했다.

"놔 둬. 꼴에 꼴값 좀 하나보지."

"오빠도 복무점검 전화받았었죠?"

"수애도?"

"보니까 동기들부터 체크했나 봐요."

"하긴… 원래 아는 놈이 더 무섭다잖아. 수애도 걸렸어?"

"나는 그때 국장님 수행하느라고 자리에 없었어요."

"다행이네. 나는 딱 걸려서 훈계까지 받았어."

"내가 그 명단 슬쩍 볼 기회가 있었는데 알고 보니 자기들 잡
포는 한 명도 안 건드렸더라고요."

"으아, 찌질한 놈."

"아, 진짜 인간이 왜 저런데요?"

"그러게 말이야. 아무튼 커피 고마워."

"괜찮은 거 아니죠? 감사관실에도 부르고……."

"걱정 마. 검찰 간부 앞에서도 살아남았는데 거기서 못 살아
남겠어."

"하여간 힘내세요."

"땡큐!"

"가보세요. 저는 2층 복지과에 전달 사항이 있거든요."

"응, 수고!"

수애와 헤어진 탁대는 계단을 올랐다. 두 명의 간부가 내려오
자 탁대는 일부러 큰 소리로 인사했다.

"안녕하세요? 교통과에 새로 온 조탁대입니다."

'누가 물어봤냐?'

고참들의 눈치는 딱 그랬다. 그래도 신경 쓰지 않았다. 인사를 크게 한 건 일종의 자기 최면이었다. 큰 소리로 말하면 위축되지 않으니까.

"탁대 오빠!"

사무실에서 제일 먼저 반겨준 건 혜자였다. 그녀는 마침 탁대의 책상을 닦던 중이었다.

"내 책상은 내가 닦아도 되는데……."

"걱정 말아요. 내가 제일 깨끗하게 닦아 줄 테니까."

그녀는 낮은 목소리로 말하며 과장 책상을 향해 턱짓을 했다. '과장님 있어요' 라는 신호였다.

"안녕하세요?"

탁대는 은 과장 앞으로 가서 보란 듯이 인사를 했다. 신문을 보고 있던 은 과장은 인사를 받지 않았다. 컴퓨터를 켜고 업무준비를 할 때 직원들이 몰려들었다. 용 팀장이 들어서고 소 팀장과 송강석도 들어섰다. 황 팀장은 박 주임과 나란히 출근을 했다. 탁대는 황 팀장을 향해 목례를 올렸다.

이어 명하가 직원들 책상에 모닝커피를 돌렸다. 커피는 탁대 몫도 있었다.

"고마워."

탁대는 입을 벙긋거려 고마움을 전했다. 그때 은 과장 책상의 전화기가 소란을 떨었다.

"네!"

은 과장은 한마디로 전화를 받았다.

'복무규정에서 과장들은 예외일까?'

탁대는 문득 궁금해졌다.

"그런 예외가 어디 있어요? 맨날 쫄따구만 들볶는 거지."

탁대가 묻자 바로 대답한 윤아가 말을 이었다.

"아침에 오면 홈페이지부터 확인하라고 했잖아요. 밤사이에 전자민원 뜬 게 있는지 없는지……."

윤아의 코치를 받은 탁대는 화면을 뒤졌다. 다행히 주차 관련 민원은 없었다.

"용 팀장!"

그 사이에 통화를 마친 은 과장이 얼음장 같은 한마디를 날렸다.

"조탁대, 감사관실로 올려 보내!"

그 말에 사무실의 시선은 다시 탁대에게 집중되었다.

"징계 건입니까?"

겉옷을 벗어 의자에 걸치던 박주임이 물었다.

"가보면 알 거 아냐?"

은 과장은 길게 말하지 않았다. 덕분에 혜자와 명하의 시선은 탁대에게서 떨어질 줄을 몰랐다.

"별거 아닐 거야. 다녀오게."

용 팀장이 다가와 말했다. 자리에서 일어선 탁대가 과장에게 보고하고 가려고 하자 용 팀장이 눈짓을 하며 제지했다. 탁대는 복도로 나왔다.

별로 놀랄 일도 아니었다. 이미 팔호에게 들은 사안이었기 때문이었다.

'까짓것 한 번 또 깨져 주지, 뭐.'

탁대는 침을 꿀꺽 넘긴 후에 5층의 감사담당관실 문을 열었다.

감사실.

이는 대다수 공무원들에게 결코 반갑지 않은 이름의 대명사였다. 감사실이 하는 일은 많지만 공무원들과는 주로 비리 문제, 복무 위반, 직무 감사 건 등으로 대면하기 때문이었다.

저만치 구석에 이팔호가 보였다. 그는 40대 초반의 선우 팀장 옆에서 굽신굽신 업무를 지시받고 있었다.

"뭐야?"

결재판을 들고 나오던 한 고참이 탁대를 보며 물었다.

"교통과 조탁대입니다. 올라오라는 연락을 받고 왔습니다만……"

그 말에 팔호와 선우 팀장이 동시에 탁대를 향해 시선을 돌렸다.

"이쪽으로 오세요. 조탁대 씨!"

팔호는 절대 아는 척하지 않았다. 너무나 사무적으로, 그러면서도 뭔가 위세를 누리려는 행동에 눈살이 찌푸려졌다. 탁대는 선우 팀장 앞으로 불려갔다.

"앉아!"

선우 팀장이 화면을 보며 말했다. 팔호는 자기 자리에 앉아 전화를 거느라 바빴다.

"자네가 조탁대?"

선우 팀장 역시 건조한 목소리로 취조하듯 말을 이어갔다.

"네!"

"공무 중인 검찰차량에 딱지 끊었다고?"

"공무 중이긴 하지만 불필요한 주정차 위반으로 주변 교통 흐름을 저해하여 시민의 민원이 있던 터라……."

"묻는 말에만 대답해!"

고압적인 말투의 감사팀장. 그는 탁대를 쳐다보지도 않고 있었다.

"……."

"그 시민 민원 말이야 정식 접수가 되었나?"

"그건 아닙니다."

"어째서?"

"단속 현장에서 제게 직접 말했습니다."

"자네 혼자 들었다?"

그제야 선우 팀장의 눈길이 탁대를 향했다. 지향이 없는 듯 무심한 눈빛에는 어떤 감정도 서려 있지 않아 정나미가 떨어졌다.

"…네."

"같이 들은 사람도 없고?"

"네!"

"신규자인데 거기로 간 이유는?"

"전임자 업무인수와 현장파악을 위해서 나갔습니다."

"그럼 동행자가 있었겠군?"

"그랬지만 당시에는 저 혼자 있었습니다."

"과태료는 처음 부과했겠군."

"예!"

"그럼 전임자나 같이 간 단속요원들에게 확인을 했어야 했던 거 아닌가?"

"그게 워낙 즉시 단속에 속하는 사항의 위반이라……."

"만용은 아니고?"

"네?"

"만용 말이야. 많은 사람들 앞에서 우쭐하고 싶은 거."

"그렇지는 않습니다."

"검찰에서는 자네에게 긴급 공무집행 중이라고 정중히 협조를 구했다고 하던데?"

"정중한 협조라고요?"

웃음도 나오지 않았다. 발톱에 낀 때처럼 대하던 주제들이 정중한 협조를 구했다니?

"제가 기억하는 그분들의 반응은 그 반대입니다. 주변 CCTV를 확인해도 좋습니다."

"자네 전직이 뭐야? 신규치고는 너무 당돌하잖아?"

"전직은 따로 없습니다. 알바 좀 했던 거 외에는……."

"그럼 표강일 씨와는 어떤 관계야?"

팀장은 그 말을 할 때서야 비로소 탁대를 돌아보았다.

'표강일?'

탁대는 거기서 주춤거렸다. 표강일이 여기도 등장한 것이다.

"별 관계 아닙니다."

"친인척 아니야?"

"아닙니다만."

"자네, 구라치면 징계 세게 먹일 수도 있어!"

팀장의 눈빛에 힘이 들어갔다.

"그냥 한두 번 안면이 있을 뿐 별 다른 관계는 없습니다."

탁대는 답을 바꾸지 않았다. 식물인간이던 그를 자극한 건 맞지만 그렇다고 친인척은 명백히 아니었기 때문이었다.

"팔호 씨, 그거 출력해서 사인 받아둬."

탁대를 한 번 바라본 선우 팀장이 팔호를 향해 지시를 내렸다. 팔호는 벌떡 일어나더니 '네' 하고 대답하고는 프린터 출력물을 집어 들었다.

팔랑팔랑, 왠지 저놈은 신이 나 보인다. 나무라는 시어머니보다 말리는 시누이가 더 밉다더니…….

"여기 자필 사인하세요."

팔호가 탁대에게 종이를 내밀었다. 자술서였다. 기분은 개떡이었지만 별수 없이 사인을 했다.

"에이, 사인하고는…….'"

서류를 받아든 팔호가 구시렁거렸다. 어떻게든 일을 열심히 한다는 모습을 과시하고 싶은 것이다. 그때 팔호 책상의 전화기가 울렸다. 그와 동시에 탁대는 순간접착 마법을 발현시켰다.

"어!"

자술서를 두 손에 들고 있던 팔호. 전화를 받으려 했지만 종이가 손에서 떨어지질 않았다. 당황한 팔호는 종이를 떼어내려 파닥거렸다. 무심한 전화벨이 계속 울리자 감사실 직원들의 이목이 쏠려왔다.

"전화는 세 번 울리기 전에 받는 거 아닌가요? 감사담당관실 이팔호 직원님?"

탁대는 그 말을 남기고 돌아섰다. 잠시 후에 마법이 풀리자 팔호 손의 자술서는 두 쪽으로 찢어지고 말았다. 팔호가 떼어 내려고 발버둥을 친 소산이었다.

탁대는 태연히 감사실 문을 나섰다. 뒤따라오는 팔호의 늘어진 목소리는 완전 무시해 버렸다.

"조탁대 씨, 이거 다시 사인해 주고 가세요!"

엿이나 처먹으셔! 이 왕 밥맛아! 탁대는 뒤도 돌아보지 않고 계단을 내려갔다.

"검찰 딱지 건으로 자술서에 사인하고 왔습니다."

사무실로 들어선 탁대는 은 과장에게 가서 보고를 했다. 은 과장은 여전히 가타부타 말을 하지 않았다. 하긴 신규가 사무관과 놀 군번일까? 탁대는 자리로 돌아왔다.

"다른 말은 없어?"

슬쩍 일어선 용 팀장이 다가와 물었다.

"네."

"그럼 걱정 마. 잘해야 서면 경고 하나 떨어질 거야."

"별 잘못도 없는데 그것도 받으면 안 되는 거 아닌가요? 나중에 승진할 때 지장 있잖아요."

듣고 있던 윤아가 까칠하게 대꾸했다.

"아, 엊그제 임용되었는데 벌써 무슨 승진 타령이야?"

"언제는 점수 관리에 만전을 기해야 한다면서요?"

"너무 쪼지 마. 나도 최선을 다하고 있어."

"무슨 최선요? 탁대 씨가 뇌물을 먹었어요? 아니면 부정을 했어요? 그냥 자기 업무 수행한 거뿐이잖아요?"

"알았다잖아?"

용 팀장의 끝말이 살짝 올라갔다.

"진짜 다들 너무 하는 거 아니에요? 누구 하나 탁대 씨 항변해 주는 사람도 없고… 다들 자기 일이면 눈에 불을 켜고 인맥동원했을 거 아니에요?"

감정을 못 이긴 윤아가 벌떡 일어나 사무실 직원들을 향해 소리쳤다.

조용~!

침묵이 켜켜이 사무실에 내려앉았다. 숨 넘어가는 소리조차도 들리지 않았다.

"저 괜찮습니다."

탁대는 머쓱하게 말했다. 이미 자술서까지 쓰고 왔으니 이제와서 일이 번지는 걸 원치 않았다. 어색한 분위기는 전화 소리가 깨주었다. 그것도 탁대 책상의 전화기였다.

"감사합니다. 교통과 주정차담당 조탁대입니다!"

슬프지만, 이 와중에도 또박또박 전화를 받았다. 전화를 건 사람은 혜자였다.

―오늘은 안 나가실 거예요? 어제 못 돌아본 구역이 남았는데……

"아, 내려갈게."

탁대는 전화를 끊었다. 눈치 빠른 용 팀장은 혜자인 줄 알고 고개를 끄덕여 출장을 지시했다. 사무실을 나서다 복도에서 이팔호를 만났다.

"저기… 조탁대 씨……."

팔호는 아까와는 달리 아쉬움이 가득한 목소리로 말을 이었다.

"아까 그 자술서에 사인을 다시……."

"내가 왜?"

"그게… 찢어졌거든요. 결재를 올려야 하는데……."

"미안하지만 내가 사인할 때는 아무 문제없었거든."

"그건 그런데……."

"나 지금 출장이라서 말이지. 밑에 직원들이 기다리거든?"

"조, ×딱때 씨!"

다급한 팔호가 목소리에 힘을 주자 탁대의 이름이 음탕한 발음으로 들렸다.

"너 지금 뭐라고 그랬어? 뭘 딱아?"

탁대가 눈을 부라리며 물었다.

"그, 그게 아니라……."

"사인 필요하면 네가 알아서 해. 보아하니 그 정도 잔머리는 일도 아닌 것 같은데… 그것도 싫으면 스카치테이프로 붙여서 결재 맡던가?"

생각 같아서는 면상에 화염을 한 방 날려주고 싶었다. 서바이벌 게임장의 그것보다 열 배는 큰 것으로. 하지만 탁대는 감정을 꾹 누르고 돌아섰다.

'나는 바른길로 간다. 너는 쉬운 길로 가거라.'

시작부터 시련 폭주다. 하긴 언제는 탄탄대로 유망주로 살던 때가 있었던가? 대학도 간신히 들어갔고 공무원도 간신히 합격했다. 그렇다면 인간 조탁대의 길은 원래 이런 길이다. 탁대는 스스로를 위로하며 주차장으로 내려갔다. 밀가루를 뒤집어 쓴 듯 하얗게 질린 팔호의 얼굴 따위는 신경 쓰지도 않았다.

"자술서요?"

주정차단속 차량에 오르자 운전대를 잡은 혜자가 물었다.

"뭐 쓰라 길래 쿨하게 사인해 주고 왔어."

"어우, 진짜 너무하네. 임용된 지 일주일도 안 된 사람에게……."

"그러게 말이야. 법 집행에 신분 가리지 말라는 것도 다 거짓말이라니까."

뒷좌석에 앉은 명하도 분개하기는 마찬가지다.

"그럴 거면 처음부터 경찰, 검찰, 국정원 같은 기관들은 예외로 하든가."

"그 사람들만 그래? 시의원도 마찬가지지. 딱지 하나 끊으면 생난리가 가는 판에……."

가재는 게 편이다. 같은 팀이 된 지 며칠 되지 않지만 그녀들은 완전 탁대 편이었다.

부릉!

차가 시청사를 빠져 나갈 때 현관 앞에 나와 있는 한 무리의 간부들이 보였다.

"왜 저러지?"

탁대가 물었다.

"오늘 의회 의장님 오는 날인 거 같은데요?"

대답은 혜자가 했다.

"의회 의장이 오는데 간부들이 왜?"

"오빠도 근무하다 보면 알아요. 의원들이 공무원들에게 얼마나 상전이고 저승사자들인지."

"저승사자라고?"

"그런 거 있어요. 저분들, 지역에서는 국회의원보다 더 목에 힘주거든요."

"그 정도야?"

"작년에 과장님 한 분이 정기 의회 때 뺨 맞는 사건도 있었어요. 나중에 여론이 안 좋아지니까 형식적인 사과를 하기는 했지만……."

"이야, 대단하네."

사실 탁대는 이때까지만 해도 시의원의 '위대함'을 몰랐다. 하지만 그도 이제 공무원. 그 시련은 이미 그의 운명 앞에 KTX 속도로 달려와 대기 중이었다.

2장

권력은 권력으로 눌러라!

"그런데……."

차가 신호에 걸렸을 때 탁대가 혜주를 바라보았다.

"왜요?"

"혹시 표강일 씨라고 알아?"

"표강일?"

"표강일이면 그… 표도완 씨 아들 아니에요?"

혜자가 고개를 갸웃거리자 뒤에 있던 명하가 대신 말했다.

"맞아. 그분 부친이 표도완이라고 들었어."

탁대가 돌아보았다.

"그 사람들 유명하죠. 여기 봉황시에서는 전설적인 가문이에요."

"그래? 얼마나 유명하기에?"

"왜요? 탁대 오빠가 그분들을 알아요?"

설명을 하던 명하가 과태료 용지를 만지며 물었다.

"그런 건 아닌데 심상치 않은 사람들 같아서 말이야."

"잘은 모르지만, 아마 시장님부터 의회 의장님까지 전부 그분이라면 설설 길 거예요. 심지어는 우리 시 국회의원에게도 그분은 하느님 격이에요."

"설마?"

"진짜라니까요. 그분 일가가 대대로 봉황시에 살면서 터줏대감 노릇을 해왔고 아직도 집성촌이 남은데다 봉황시를 휘어잡은 봉황종고도 그분들이 설립했잖아요. 아무튼 봉황시에서의 영향력은 대통령급이라고 봐도 무방해요."

"진짜야?"

"시장이든 국회의원이든 해먹으려면 그 집안의 지지가 없으면 거의 불가능하거든요."

"오! 대박."

"혹시 그분 잘 알면 바짓가랑이라도 잡으세요. 그분 빽이면 시청에서는 아무도 무시 못 해요."

명하는 진지했다. 과장이나 뻥은 아닌 것 같았다. 탁대는 둔기로 머리를 한 대 맞은 것 같았다. 뭔가 한가락 하는 줄은 짐작했었다. 그건 기품이나 차, 별장만 봐도 감이 왔다. 하지만 봉황시 시정(市政)을 좌지우지할 정도라니?

'그래서 백 국장님과 검찰 간부도……'

곰곰히 생각해 보니 이해가 되었다. 기세등등하던 검찰 간부도 표강일이 등장하자 바로 갈기를 내렸다. 이어 감사실에서도 표강일과의 관계를 물었다.

'내가 그렇게 굉장한 집안과 관계가 된 거란 말이야?'

괜히 몸이 오싹해졌다. 어쩌다 보니 좋은 결과를 얻었지만 그 과정은 끔찍했다. 그런 빵빵한 집안의 권력자(?)에게 되는 대로 지껄였던 것이다.

'말이 좋아 생명의 은인이지 언제든 괘씸죄를 갖다 붙이면?'

바로 모가지를 당해도 할 말이 없을 탁대였다.

'젠장, 언제 찾아가서 싹싹 빌어야겠네.'

그걸 생각하니 식은땀이 등골을 타고 흘렀다.

"여기예요. 우리 시의 골치 아픈 단속지역 중의 하나……."

차는 고층 아파트를 바라보는 상가 지역에서 멈췄다. 먼저 내린 혜자가 상가 쪽을 보며 말했다.

"봉황시의 부촌이라고 할까요? 그래서 주민 민원도 많고 주장도 강해요."

"더불어 손톱만큼도 손해 보지 않으려는 이기주의자들도 많고……."

뒤에 있던 명하도 한마디를 보탰다.

"보고서에서 봤어. CCTV 단속 시범지역으로 지정해 두었던데?"

"전임 주임님께서 골치 좀 썩었거든요. 단속하면 한다고 난리, 안 하면 공무원들이 밥 먹고 뭐 하냐고 난리……."

혜자는 고개를 설레설레 저었다.

"차는 여기 파킹하고 도보로 가자. 골목마다 다 누벼야 하잖아?"

경고장과 과태료 용지를 챙긴 명하가 말했다. 셋은 나란히 인도를 걸었다. 오래가지 않아 주차위반 차량이 보였다. 2중 황색 실선 위반이었다.

"해보실래요?"

명하가 소위 딱지를 내밀었다. 탁대는 원칙을 지키기 전에 전임자로부터 배운 노하우를 써먹었다.

"0000 차주님!"

건물 주변을 향해 소리쳤다. 아무도 대답을 안 했다. 일단 사진부터 찍었다. 그런 다음에 단속 시각을 명기해 윈도우브러시에 예고장을 끼웠다.

"간단하네?"

탁대가 손을 털었다. 이렇게 하고 15분이 지나면 정식으로 과태료를 부과한다. 15분간의 유예. 즉시 단속 사항이 아니기에 시민의 반발을 최소화할 방법을 선택한 것이다.

두어 대 줄지은 차량을 차례로 적발하고 있을 때 앞쪽 상가에서 하마 몸매를 한 귀부인 한 사람이 코끼리 다리를 출렁이며 뛰어나왔다.

"이봐, 거기!"

부인은 다짜고짜 반말을 찍찍거리며 손을 흔들었다.

"우리요?"

탁대가 돌아보며 물었다.

"그럼 여기 너희 말고 누가 있어?"

40대 중반쯤의 여자. 귀금속을 목과 팔, 귀에 늘어뜨린 그녀는 선글라스에 땡땡이 원피스가 찢어질 듯 풍만한 살을 출렁이며 탁대네 일행을 가소롭다는 듯이 노려보았다.

"무슨 일이신지요?"

"너희들 공무원이야?"

"그렇습니다만……."

탁대가 목에 패용한 공무원증을 들어보였다.

"서기보? 서기보가 몇 급이야?"

대뜸 공무원증을 들고 쳐다보더니 싸가지 밥 말아 드신 목소리로 되묻는 귀부인.

"9급입니다만……."

"지금 9급 주제에 지금 내 차에 뭐하는 짓이야?"

"차주시군요. 차량이 주정차 위반을 했습니다. 지금 좀 빼주시겠어요?"

탁대 옆에 있던 혜자가 공손히 설명을 했다.

"위반? 제대로 세웠구먼 뭐가 위반이라는 거야?"

부인이 선글라스를 벗어들며 소리쳤다.

"도로교통법 제32조, 33조, 34조에 의해 횡색 실선은 주정차 금지거든요."

혜자는 부인을 자극하지 않고 노련하고 공손하게 관련 규정을 설명했다.

"야, 이게 누구 앞에서 법을 들먹거려? 네가 그렇게 법을 잘 알아?"

선글라스를 가슴골에 척 찌른 부인이 삿대질을 시작했다.

"보시면 모르세요? 여기는 주정차금지구역으로서……."

"이년이 지금 누구 앞에서!"

설명하는 혜자를 향해 느닷없이 부인의 손바닥이 날아갔다.
순간, 탁대가 얼른 혜자를 잡아당겨 가마솥 뚜껑 같은 손바닥을
피했다.

"왜 이러십니까? 우린 지금 공무수행 중입니다."

"공무수행 같은 소리 하고 자빠졌네. 내가 누군 줄 알아? 나
저쪽 고층 아파트 부녀회장이야."

부인은 예고장을 집어 들더니 발기발기 찢어 탁대의 얼굴에
집어던졌다.

'이걸 그냥 화염을 날려서 푸짐하게 낀 지방을 자글자글 태
워버려?'

잠시 유혹이 스쳐 갔지만 탁대는 애써 참았다.

"그리고 미안하지만 내 눈엔 이게 황색으로 안 보이거든."

부인은 돼지 앞다리 족발 같은 종아리로 황색 실선을 밟아대
며 억지를 부렸다.

"어차피 15분 안 됐으니까 지금 빼시면 됩니다. 부탁드립니
다."

탁대는 감정을 누르며 다시 공손하게 말했다.

"황색이 안 보이는데 왜 빼? 나 색맹이야."

턱을 살짝 비틀면서 탁대를 조롱하는 귀부인.

'색맹?'

황당한 탁대가 혜자를 바라보지만 혜자도 어깨를 으쓱할 뿐
이다.

"왜? 내 말이 틀렸어? 색맹인 걸 어쩌라고?"

부인은 푸짐한 히프를 보닛에 걸친 채 야기죽거렸다. 참 어이

가 없었다. 이 여자는 공무원을 무시하고 뭉개는 게 삶의 쾌락인 것일까? 당장 과태료를 부과한 것도 아니고 위반 차량을 빼달라는 것조차 똥고집을 부리는 것이다.

"그냥 가요. 15분 되면 다시 오자고요."

명하가 탁대를 당겼다. 시계를 보니 12분이 경과된 시간. 주변을 보니 구경꾼들이 10여 명 이상 몰려와 있었다. 그냥 간다면 그 뒤의 위반 차량 단속도 요원할 판이었다.

"여긴 내가 해결할 테니까 저쪽 한 바퀴 돌고 와."

탁대는 물러설 생각이 없었다. 감정으로 대하고 싶지 않았지만 이 여자는 공무원을 벌레로 생각하고 있었다. 하지만 탁대는 벌레가 아니다. 퇴근하면 그저 선량한 한 사람의 시민일 뿐이니까.

혜자와 명하도 마찬가지다. 그녀들은 주차 질서유지를 위해 현장을 누비고 있다. 이 일은 어차피 누군가 해야 하는 것이다.

'진짜 색맹이라면 이의신청으로 구제하면 될 일.'

탁대는 보닛에 앉아 립스틱을 바르는 부인을 바라보며 반지를 문질렀다.

'붙어라, 아주 찰싹!'

탁대의 집념이 부인의 엉덩이에 집중되었다.

"야, 너 그 눈빛 뭐야?"

립스틱을 닫던 귀부인이 눈을 부라리며 일어섰다. 하지만 그건 그녀의 의지에 불과했다. 엉덩이는 보닛에 붙어 꼼짝도 하지 않았다.

"어머, 이거 왜 이래?"

부인이 힘을 쓰자 허릿살이 파도처럼 출렁거렸다. 손에 들었던 핸드백과 선글라스도 강한 추임새에 흔들려 바닥에 떨어졌다.

"뭐, 뭐야? 이거?"

부인은 점점 울상으로 변했다. 맥이 풀린 탁대는 잠시 가로수에 기대 숨을 골랐다. 부인의 푸짐한 살덩이 때문인지 그대로 주저앉고 싶을 정도로 힘이 들었다. 겨우 정신이 들자 시계를 보았다. 정확히 단속예고장을 날린 지 15분이 경과하고 있었다. 탁대는 의젓하게 다가가 과태료 용지를 발부했다.

"야, 너 뭐하는 거야?"

부인은 발악할 때마다 홍수 같은 땀방울이 쏟아져 내렸다.

"진짜 색맹이시면 차후 의견 진술을 하시면 됩니다. 필요한 서류 서식은 저희 시청 홈페이지에 있으니 다운 받아서 사용하시기 바랍니다."

탁대는 보란 듯이 목례를 올렸다.

"야, 이 자식아. 어딜 가는 거야? 시민이 곤란에 처했는데 도와줘야지?"

부인이 탁대 뒤통수에 대로 욕설을 퍼부었다. 탁대는 듣는 둥 마는 둥 하며 뒤쪽의 차량까지 한꺼번에 과태료를 부과했다. 마지막 용지를 끼우려 돌아설 때였다. 안간힘을 쓰던 부인의 엉덩이에 걸린 접착 마법이 풀리면서 제풀에 기울어진 부인이 아스팔트에 철퍽 쓰러졌다.

"뭐야? 이놈의 차, 귀신이라도 붙은 거야?"

화가 머리끝까지 치민 부인이 핸드백으로 보닛을 후려쳤다. 순간, 부인의 엉덩이가 훤하게 드러났다. 몸부림을 친 까닭에 원피스가 터지는 것으로도 모자라 명품 빤쓰까지도 뚫린 것이다.

"오, 호피 빤쓰! 휘이휘이~!"

구경하던 한 남자가 휘파람을 불어 댔다.

"옴마야!"

그래도 수치심은 아는 모양이었다. 부인은 당혹감에 어쩔 줄 모르며 가방으로 히프를 가렸다. 그렇거나 말거나 탁대는 유유히 다른 장소로 자리를 옮겼다. 중년의 호피 빤쓰 따위는 돈 주고 보라고 해도 볼 생각이 없었다.

그렇다고 기분이 유쾌한 건 아니었다. 솔직히 말하면 서글펐다. 공무원은 공공의 적인 것일까? 전체의 질서를 위해 정당한 업무를 수행하는 걸 부정하는 시민들이 있는 것이다. 그들에게 필요한 건 자기의 이익이나 편리뿐이다. 그걸 방해하면 공무고 뭐고 필요 없는 것이다.

"두 사람, 진짜 힘들었겠네?"

탁대는 편의점 앞에서 물을 마시며 혜자에게 물었다.

"말도 마세요. 이거 하면서 따귀 한두 번 안 맞아본 사람 없고 멱살 한두 번 안 잡혀본 적 없어요. 그것 때문에 그만둔 사람도 많고요."

"거기에 쌍욕 한두 마디 듣는 건 기본이라죠."

혜자와 명하가 입을 모아 대답했다. 분위기를 보니 그러고도 남을 거 같았다.

"특히 생떼거리를 쓰는 사람들이 있어요. 아까 그 여자분처럼요."

혜자는 고개를 저었다.

"그나저나 아까 그 아줌마, 그냥 넘어가려나 모르겠네?"

명하는 여전히 걱정스러운 표정이다.

"할 수 없지 뭐. 위반 차량을 단속한 거니까 신경 끄자고."

"물도 빨리 마시고 가야 해요. 잘못하면 공무원들이 공무는 안 하고 물 마시며 노닥거린다고 동영상 올라갈 수 있거든요."

"읍!"

명하의 말에 한꺼번에 물을 넘긴 탁대는 목을 잡고 낑낑거렸다.

"물도 못 마신단 말이야?"

"일부러 그런 거 노려서 사진 찍은 다음에 시장님께 올리는 사람도 많거든요."

"헐~!"

물맛이 싹 달아났다. 입술을 훔친 탁대는 혜자와 명하를 따라 계속 업무를 수행했다. 주정차단속이라고 무조건 융통성이 없는 건 아니었다. 상가지역에서는 화물차의 상품 상하차 작업 시에 그랬고 택배 차량 같은 실생활에 밀접한 차량은 다소 재량을 발휘했다.

"하지만 사람들 욕심은 끝이 없어요. 화물차들도 처음에는 편리를 봐주니까 고마워하더니 이젠 아예 자기들은 예외로 해 달라며 생떼를 쓴다니까요. 이거 해먹으려면 도 닦은 사람들처럼 익숙해져야 해요."

설명하는 혜자에게서 때로는 해탈의 경지가 엿보였다. 탁대로서는 아직도 배우고 또 배워야 할 판이었다.

이런저런 단속 해프닝을 이야기하며 도로 모퉁이를 돌던 때였다. 얌체 주차의 극치를 달리는 세단이 한 대 발견되었다. 즉시 단속감에 해당하는 위반, 즉 도로 모퉁이에 버젓이 주차한 차량이었다.

어이없기는 그 건너편도 마찬가지였다. 버스 정거장 앞에 보란 듯이 주차한 자가용이 있었다.

"사람들이 이렇다니까요. 이러다 사고라도 나면 어쩌려고……."

명하가 고개를 저었다.

"ㅇㅇㅇㅇ 차주님!"

탁대는 주변 건물을 향해 소리쳤다. 누구도 반응하지 않았다.

"과태료 부과해야겠네요."

명하가 나섰다.

"내가 할 게, 건너편 쪽 처리해."

탁대가 버스정거장을 가리켰다. 혜자와 명하가 건널목을 건너갈 때 화물차 세 대가 미친 듯이 달려왔다.

빵빵빠아앙!

화물차의 경적은 혜자와 명하를 겨냥하고 사납게 울려댔다. 꼴 보기 싫은 단속원들 엿 좀 먹어보라는 심보처럼 보였다.

'도 닦은 사람들처럼 익숙해져야…….'

탁대 뇌리에 혜자의 말이 스쳐 갔다. 물론, 한편으로는 이해가 되었다. 누가 주정차위반 딱지를 좋아할까? 이 또한 남이 하면 질서위반이고 내가 하면 부득이한 사정 때문인 것이다.

탁대는 과태료 스티커를 작성하고 윈도우브러시에 붙였다.

'견인해야 하는 거 아니야?'

도로 사정상 그것도 필요해 보였다. 탁대가 다시 도로를 돌아볼 때 누군가 뒤에서 어깨를 돌려세웠다.

"누구……?"

탁대의 눈이 상황을 파악하기도 전에 손바닥이 날아왔다.

쫘악!

피할 겨를이 없었다. 순간적으로 아까 그 푸짐한 귀부인의 복수극일까 싶었지만 탁대 앞에 버티고 선 사람은 중년의 남자였다.

"너 뭐야?"

남자는 탁대의 목을 잡고 가로수에다 밀어붙였다. 어찌나 완력이 강한지 목뼈가 부러질 것 같았다.

"이, 이것 놓고… 말……."

탁대의 목에서 쉰 소리가 새어 나왔다.

"너 뭐냐고 묻잖아? 인마!"

바로 그때 혜자와 명하가 헐레벌떡 달려왔다. 탁대의 광경을 본 두 여자는 사색이 되며 기어들어가는 목소리로 중얼거렸다.

"강, 강봉개 의원님……."

'강봉개… 의원?'

탁대는 고개를 들었다. 온몸에 건방이 줄줄 흐르는 강봉개. 그는 과태료 용지를 구기더니 탁대 얼굴에 대고 광속 돌직구를 날렸다.

'붙어라!'

탁대는 순간적으로 접착 마법을 썼다. 구긴 종이를 발사하려던 강봉개는 종이가 떨어지지 않자 혼자 휘청거렸다.

"이, 이게 왜 이래?"

강봉개는 손을 휘저었다. 그래도 종이는 끄떡도 안 했다.

"야, 스티커에 초강력 접착제라도 바른 거야?"

강봉개가 인상을 긁었다. 혜자와 명하의 얼굴이 파리하게 굳는 게 보였다.

'대형 사고다.'

혜자와 명하의 반응을 본 순간, 피부에 느낌이 왔다.

"너희들 나 알지? 아, 이게 왜 안 떨어지는 거야?"

강봉개는 계속 손을 털어내며 혜자와 명하를 바라보며 물었다.

"네……."

"그런데 감히 딱지를 끊어?"

"의원님 차량이… 위반을 해서……."

잔뜩 주눅이 든 혜자의 목은 절반 가까이 기어들어가 있었다.

"지금 위반이라고 했냐?"

한 발 다가선 강봉개가 물었다.

"여, 여긴……."

"도로 모퉁이 위반은 즉시 단속감입니다."

대충 상황 파악을 한 탁대가 뒷말을 이었다. 강봉개의 시선이 대번에 꽂혀왔다.

"너 뭐야?"

강봉개가 까닥 턱짓으로 물었다.

"봉황시 주정차단속 담당입니다만……."

"못 보던 놈인데?"

'놈?'

탁대의 미간이 일그러졌다.

"이번에 새로 발령 받은 신규직원이세요."

설명은 명하가 해주었다.

"아, 그래?"

강봉개의 표정이 순식간에 능청스럽게 바뀌었다. 탁대는 긴
장의 끈을 놓지 않고 계속 주시했다.

"그래서 뭘 몰랐던 모양이군. 나 경제산업분과 시의원이야."

봉개는 손 대신 얼굴을 들이밀었다. 개기름 냄새와 땀에 찐
냄새가 확 끼쳐왔다.

"귓구멍 없어? 나 경제산업위 의원이라고."

손에 붙은 종이뭉치가 성가셨던지 봉개의 눈에 살짝 살기까
지 서렸다.

"우리 교통과 소속 업무 심사 감독하시는……."

보다 못한 명하가 탁대를 보며 말했다.

"이거 왜 이래? 과태료 용지 이리 내놔봐."

강봉개가 눈을 부라리자 탁대는 새것 한 장을 건네주었다.

"이건 아무렇지도 않은데 내 건 왜 안 떨어지냐고?"

'심보를 그 따위로 쓰니까 그렇지.'

그렇게 말하고 싶었지만 탁대는 공무원답게 친절을 베풀었
다.

"제가 떼어드리죠."

탁대는 강봉개의 손바닥에 붙은 용지를 잡았다. 그런 다음 슬쩍 마법을 풀었다.

"나 참, 일진이 사나우려니까 말이야."

"……."

"은광비 과장 지금 사무실에 있나?"

"계실 겁니다."

강봉개의 다그침에 새된 목소리로 대답하는 명하.

"용석봉은?"

"그분도……."

"가서 안부 전하고 이번 업무보고는 제대로 준비하라고 해."

기세등등하게 탁대의 어깨를 두어 번 두드린 강봉개는 휘파람을 불며 차량을 향해 돌아섰다. 그는 너무나 당당하게 차에 올라 시동을 걸었다. 하지만 출발하지는 못했다. 탁대가 앞을 가로막고 있었기 때문이었다.

"뭐야?"

봉개가 차창으로 고개를 내밀고 물었다. 탁대는 대답대신 구겨진 과태료 용지를 펴서 와이퍼에 물렸다.

"아, 이 어린놈이 그런데……."

열 받은 봉개가 운전석 문을 열고 내렸다.

"떼!"

"못 뗍니다."

"떼, 이 자식아!"

"못 뗍니다."

탁대는 한 발도 물러서지 않았다. 잘못을 한 건 의원이었다. 이건 검찰의 수색영장 집행하고도 차원이 다른 특권 의식이었다. 게다가 다짜고짜 폭행까지 행사했으니 오기도 한몫을 했다.

"오냐, 그럼 아예 이 길로 시청으로 가자."

팔을 걷어붙인 봉개가 탁대를 조수석으로 끌어당겼다.

"이거 놓으십시오."

"어쭈? 감히 반항을 해?"

"내 발로 갈 테니까 염려 마세요."

"오냐. 지금 당장 시청에서 보자."

봉개는 콧김을 뿜으며 세단을 출발시켰다.

"어떡해요?"

혜자와 명하가 탁대를 보며 발을 동동 굴렀다. 탁대는 시선을 들어 멀어지는 세단을 바라보았다.

'시의원이면 다야?'

탁대는 콧김을 뿜었다. 기분 문제가 아니었다. 지역 발전을 위해 선출한 풀뿌리 민주주의 시의원. 그런 직함의 사람이 지역 질서를 송두리째 부정하고 있는 것이다.

"별일 있겠어? 자기가 잘못한 일인데."

"그게 아니고……."

혜자의 눈가에 공포심이 서렸다. 좀 더 설명을 듣고 난 후에야 탁대는 그 이유를 알았다.

"전임자가 타부서로 전출된 게 저 의원 때문이라고?"

"그렇다니까요. 그때도 자기가 횡단보도 걸치고 주차해 놓고

국장님하고 과장님 동원해서 누르는 바람에 오 주임님 상심이
이만저만이 아니었어요."

"그때도 용지를 구겨 얼굴에 던졌어?"

"대신 조인트를……."

"국장님하고 과장님은 설설 기면서 봐주라고 하고?"

"봐주는 게 아니라 사과를 시켰어요."

"의원이 먼저 불법을 저질렀는데도?"

"아직 모르셔서 그렇지 시의원하고 사이가 틀어지면 국장 과
장 해먹기 고달프대요."

"허얼~!"

어이상실, 한숨이 저절로 나왔다. 말로만 듣던 지방의원의 횡
포와 딱 맞닥뜨린 꼴이었다.

"그래서 그 주임님은 사과를 했어요?"

"안 하면 어쩔 거예요? 위에서 누르는데……."

"미치겠네."

"주임님 그거 때문에 3일이나 병가 들어갔었어요. 멀쩡하게
독박 쓴 꼴이라……."

"아니, 그런 것까지 통용된단 말이야?"

"주사님도 당했잖아요? 검찰 차량… 국장님, 과장님들은 골
치 아픈 걸 싫어해서……."

혜자의 목소리가 자꾸 낮아졌다. 그때 탁대의 전화기가 울렸
다. 사무실 번호였다.

ㅡ조탁대 씨, 지금 당장 귀청해야겠어!

용건만 간단히를 모범적으로 실천하고 전화를 끊은 건 주무

주임 박웅이었다.

탁대는 혼자 버스에 올랐다. 혜자와 명하는 단속업무를 계속
하도록 했다. 단속차량을 타고 가면 편하겠지만 그녀들은 나름
정해진 임무가 있고 업무일지를 써야하기 때문이었다.

물론 거기에는 탁대의 배려도 있었다. 셋이 같이 들어가면 보
나마나 도매금으로 깨질 판이었다. 탁대야 그렇다지만 그녀들
은 이번에도 아무런 귀책사유가 없었다.

'어쩐다?

빈자리가 많았지만 손잡이를 잡고 선 채 골똘히 생각했다. 잠
깐 본 인상이지만 아주 더러웠다. 더구나 권세를 누리고 뽐내는
못된 시의원. 그렇다면 벌써 시청을 뒤집어 놓았을지도 몰랐다.

〈화염탄〉

〈순간독심〉

〈순간접착〉

〈타자환몽〉

탁대는 자신이 가진 비기를 떠올렸다. 어느 것 하나 마땅치
않았다. 생각 같아서야 그 주둥이에 화염을 한 방 먹이고 싶지
만 그건 이성적이지 못한 일.

타자환몽도 마찬가지였다. 설마 그 인간이 시청에서 자고 있
을 리가 없었다. 차선책으로 꽂힌 건 순간접착이었다. 입술을
확 붙여놓으면 어떨까? 아마 볼만할 것 같았다.

'아, 공무원 되면 주민을 위해 봉사만 하면 될 줄 알았더니 이
런 특권의식들하고 시간을 허비하고 골머리를 앓아야 하다

니…….'

짜증과 함께 공연히 어깨가 늘어졌다. 공직이라는 게 이런 걸 줄은 짐작하지 못했다. 탁대가 꿈꾸던 공무원 상. 그건 말쑥하고 단정한 차림으로 시민의 불편을 해소해 주는 상담자이자 조력자의 역할이었다.

노인이 있으면 도와주고 유모차를 미는 주부가 있으면 그것도 도와주고, 서류기재나 제도를 몰라 곤란해하면 그걸 안내해 주는 역할…….

그런데! 이건 탁대가 꿈꾸던 공직이 아니었다. 무슨 놈의 공직생활이 이토록 살벌하단 말인가? 주차 단속을 뜨면 시민들의 눈초리는 따갑고, 때로는 뒤통수에 뭐가 날아올 것 같은 느낌도 들었다.

단속도 그렇다. 융통성이란 시민의 편익을 위하는 쪽으로 발휘하라는 지침은 말짱 구라다. 알고 보니 더 무서운 건 바로 공무원 관련자들이었다. 이제 보니 그런 문구는 이렇게 바뀌어야 한다.

단속 융통성의 정의=힘 있고 빽 있고 영향력 있는 사람의 차는 눈치 빠르게 판단해서 봐주고 혹시 실수로 단속하게 되면 알아서 박박 기어라!

미치고 팔짝 뛸 노릇이었다. 신규로 오자마자 요령부터 배워야 한다니.

'하지만!'

탁대는 자신을 돌아보았다.

공무원!

얼마나 꿈꾸던 세계인가? 이걸 합격하기 위해 품었던 간절함을 합치면 구슬이 여의주나 다이아몬드가 되고도 남을 정도였다. 그런데 임용되자마자 거푸 대형 사고와 만났다.

첫 번째 사고는 요행히 넘겼다. 바로 표강일 덕분이었다. 조금 전에 겪은 푸짐한 귀부인과의 마찰은 마법으로 해결했다. 그리고 한 시간도 되지 않아 이번에는 시의원이라는 벽에 부딪쳤다.

'이번 건은……'

탁대는 하늘을 보았다. 그리고 마음 속에 떠오른 마법의 힘을 밀어내기로 마음먹었다.

'함부로 남용하지 말 것.'

로르바흐의 고언도 작용했다. 그러나 그보다 더 절실한 건 탁대의 자세였다. 만약 로르바흐가 꿈속에 기생하지 않은 채 공무원이 되었다면 이대로 짤렸을 것 아닌가? 그렇게 생각하니 오기가 타올랐다.

'조탁대는 그렇게 허접한 인간이 아니야.'

결심은 정해졌다. 오직 조탁대로서 이 난관을 헤쳐 나가는 것이다. 매사를 마법으로 해결한다면 탁대는 자아를 잃어버린 위장 인간에 불과할 테니까.

"탁대 씨!"

청사에 들어서자 로비 앞에서 서성이던 윤아가 달려왔다. 눈치를 보니 벌써 강봉개 의원이 사무실에 입성한 모양이었다.

"나 좀 봐요."

윤아는 탁대를 후문 쪽으로 잡아끌었다.

"시의원 왔어요?"

탁대가 먼저 물었다.

"어떻게 된 거예요? 방방 뛰고 있던데?"

"아무 일도요. 그냥 위반차량을 단속한 것뿐이라고요."

"그렇게 말하지 말고 디테일하게 말해봐요."

윤아의 재촉을 받은 탁대는 강봉개와의 일을 빠짐없이 설명해 주었다.

"세상에, 얼굴에다 용지를 던지려고 했단 말이에요?"

놀란 윤아는 벌린 입을 다물 줄 몰랐다.

"워낙 순식간에 일어난 일이라……."

어이없는 일을 당했지만 살짝 쪽도 팔렸다. 자칫하면 트러블 메이커로 보일 수도 있는 일이었다.

"그런데 그 인간은 규정도 안 지킨 마구잡이 단속이라고 거품을 물던데……."

"그렇게 말해요?"

"사무실에 앉아서 국장님도 부르고 난리도 아니에요."

"……."

"아무튼 지금 사무실에 들어가지 마세요."

"왜요?"

"한참 흥분해 있을 때 들어가면 탁대 씨만 당해요. 어차피 아무도 편 들어줄 사람도 없다고요."

"한 명은 있는 거 같은데요?"

"누구요? 용 팀장요?"

"아뇨. 윤아 선배님!"

"나?"

"고마워요. 이렇게 달려나와 걱정해 줘서."

탁대는 바른 시선으로 윤아를 바라보았다.

"지금 그 말은 들어가겠다는 거예요?"

"지금 안 들어가면 전부 제가 뒤집어 쓸 거 아닙니까? 그러니 죽이 되든 밥이 되든 부딪쳐 봐야죠."

"탁대 씨……."

"듣자니 굉장한 시의원님이라던데 그래도 설마 죽이기야 하겠어요?"

탁대는 그 말을 남기고 앞서 걸었다.

"탁대 씨, 탁대 씨!"

멍하니 서 있던 윤아는 한참 후에야 탁대 뒤를 따라 뛰었다.

사무실 앞에 도착한 탁대는 걸음을 멈추고 심호흡을 했다. 문 안의 풍경은 안 봐도 머리에 그려졌다. 의기양양한 강봉개 의원과 그 비위를 맞추며 탁대를 기다리고 있을 은 과장과 용 팀장. 아마 문을 열기 무섭게 그들은 이런 발언을 날릴 것이다.

"당장 사과드려!"

'미안하지만 사과를 받을 사람은 나라고요.'

작심한 탁대는 힘껏 문을 열었다. 풍경은 짐작 대로였다. 다만 백 국장이 추가되어 있는 게 다를 뿐이었다.

"이어, 조탁대 씨!"

'응?'

바짝 긴장하고 테이블로 다가선 탁대는 귀를 의심했다. 용 팀장의 목소리가 뜻밖에도 부드러웠기 때문이었다.

"조탁대!"

뒤 따라 새어 나오는 강봉개의 목소리도 아까처럼 적대적이진 않았다. 영문을 모르는 탁대는 눈만 꿈벅거렸다.

"뭐하고 있나? 강 의원님께 인사드리고 앉지 않고?"

백 국장 옆자리에 자리잡은 은 과장이 한마디 보탰다.

"괜찮습니다."

"아아, 좋아. 신규라면 그 정도 기백은 있어야지."

강봉개가 웃었다.

'대체 어떻게 된 거야? 교묘하게 미소를 머금고 족칠 생각인가?'

탁대의 머리는 복잡했지만 강 의원의 목소리는 점점 더 부드러워졌다.

"이 친구 말입니다. 장래가 촉망되더군요. 다른 친구들 같으면 내 한마디에 설설 길 텐데 원칙대로 하질 않겠습니까? 이게 다 은 과장과 용 팀장이 직원 관리를 잘한 덕분이겠지요."

"과찬이십니다."

강 의원의 칭찬에 은 과장이 답했다. 일이 묘하게 돌아가고 있었다. 뒤늦게 들어선 윤아도 급변한 사무실 분위기에 고개를 갸웃거렸다.

"하지만 좀 여유를 가지게. 나처럼 거기서 주민들 애로 사항 조사하는 공무차량까지 단속해 대면 주민들 앞에서 체면이 뭐

가 되나?'

'주민들 애로 사항 조사 공무?

기가 막히고 코가 막힐 핑계였지만 탁대는 일단 대꾸하지 않았다.

"아무튼 앞으로도 그 정신으로 주민을 위해 봉사해 주시게."

강 의원이 일어나 손을 내밀었다. 얼굴은 자애롭게 웃고 있다. 흡사 선거 때 한 표 달라고 짓는 위장 미소 그 꼴이었다. 탁대가 주저하자 용 팀장이 일어나 재빨리 손을 붙여주었다.

"나 강봉개야. 자주 만날 테니 잘 기억해 두라고."

강 의원은 그 말을 남기고 백 국장, 은 과장과 더불어 사무실을 나갔다.

"휴우!"

그제야 안도의 숨을 내쉬는 용 팀장. 짧은 시간 동안에 뭔가 엄청난 반전이 있었음을 암시하는 한숨이었다.

설명은 용 팀장이 해주었다.

복도 끝의 비상 계단참으로 탁대를 데려온 용 팀장은 무용담을 풀어놓듯 유세를 떨었다. 요지는 간단했다.

강봉개가 핏대를 올리며 사무실에 쳐들어왔다.

놀란 은 과장이 노발대발 조탁대 귀청을 지시했다.

이때 용 팀장이 긴급 출동해서 말빨로 사태를 마무리 지었다.

마무리에 사용한 아이템은 바로 '표강일'이었다.

"강봉개도 표도완 어르신의 후광을 입은 사람이거든. 그 양반이 나중에 시장이나 국회의원 해먹을 생각도 있으니 제대로 먹히더라고."

'표강일.'

그 사람 덕분이었다. 권력자는 더 큰 권력 앞에 한없이 약하다. 그러니 혹시라도 잘못 건드렸다가 뒤탈이 있을까 봐 슬쩍 발을 뺀 모양이었다.

탁대가 멍한 상태가 되었을 때 용 팀장이 속삭이듯 말했다.

"그런데 자네 그 양반이란 어떤 관계인가? 나한테만 살짝 말하게!"

용 팀장은 집요했다. 계단까지 막아선 것을 보니 쉽사리 물러설 기미도 아니었다. 그런데 이 사람, 왜 이렇게 표강일에게 목을 매는 거지?

순간 명하의 말이 스쳐 갔다.

'봉황시에서 영향력은 대통령급.'

그렇다면 용 팀장이 애가 타는 것도 이해가 되었다. 더구나 그는 고속 승진 가도를 달려온 사람. 그러니 자기 미래를 위한 발판 하나를 더 놓을 수 있는 일에 소극적일 수 없는 것이다.

"그런데 팀장님은 제가 표강일 씨와 안면이 있다는 걸 어떻게 알았죠?"

이번에는 탁대가 물었다.

"아, 그, 그건……."

용 팀장은 말을 더듬다가 재빨리 받아쳤다.

"사람, 세상에 비밀이 있나? 한 다리 건너면 다 나와. 저번에 국장님 방에 와서 자네를 구해주고 가셨다면서?"

"그럼 거기다 물어보시면 되겠네요."

"에이, 우리 사이에 왜 이러나?"

"팀장님!"

"친척인가?"

용 팀장의 목소리는 아이스크림처럼 부드러웠다.

"아무 사이 아닙니다."

"이거 왜 이러나? 아무 사이도 아닌데 짠 나타나서 독사로 불리는 검찰청 어 계장을 뭉개고 가? 그걸 누가 믿겠나?"

"……."

"그 양반하고 사이가 밝혀지면 곤란해서 그런 모양인데 나, 가진 게 무거운 입밖에 없는 사람이네. 막말로 자네 직속 팀장이 난데 뭘 알아야 앞으로 도움을 주든 말든 할 거 아닌가?"

"그렇다면 하는 수 없군요."

"그렇지. 말해 보게."

용 팀장이 다가섰다.

"솔직히 말하면 임용되기 직전에 그 집에서 알바를 했을 뿐입니다."

"알바?"

"실망하셨습니까?"

"탁대 씨……."

"검찰 딱지 건에 도움을 주신 건 사실이지만 우연히 일어난 일입니다. 국장님께 들렀다가 저를 보게 되었고 아는 처지라 어찌어찌 무마가 된 것입니다."

"나를 안 믿는군."

"저는 그냥 사실을 말하는 겁니다. 아무 관련도 없는 분인데 제가 어떻게 팔아먹겠습니까?"

"……."

"그럼 저는 들어가 보겠습니다."

탁대는 가볍게 묵례를 하고 복도로 나왔다. 혼자 남은 용 팀장은 자기도 모르게 담배를 꺼내 들었다. 그가 막 불을 당기려 할 때 다른 간부가 다가와 손을 제지했다. 감사관실 선우 팀장이었다.

"청사 내 전 구역 금연 모르나?"

"선배님!"

"알아봤어?"

"말을 안 하는군요."

"그래?"

"표강일과 관련이 있는 건 확실한 거 같은데……."

"용 팀장도 뒤져 봤어?"

"아까 강봉개가 왔었지 않습니까? 보나 마나 또 아무 데나 차 세워둔 걸 조탁대가 멋모르고 딱지를 뗀 모양인데 겸사겸사 은 과장과 국장님 압박하려고 쫓아왔더군요."

"그런데?"

"혹시나 싶어 표강일 친인척 같다고 했더니 바로 꼬리를 내리더라고요. 그러면서 표강일 씨한테 숨겨둔 아들이 있다는 소문을 들은 적이 있다고……."

"숨겨둔 아들이라?"

"뭐 그 양반이 하도 구라가 세서 별로 신빙성은 없습니다만."

"하긴. 표강일, 그 양반을 둘러싼 소문은 한 트럭도 넘으니까."

"이 친구일까요? 이번 기수 신규들 중에 굉장한 고관대작의 친인척이 끼어 있다는 소문……."

"나도 그거 찾느라고 골머리야."

"지금 데리고 있는 친구는요?"

"이팔호 말인가?"

"선배님이 직접 초이스한 친구 아닙니까? 그래서 저는 후보 영순위라고 생각했습니다만……."

"나도 그랬는데 아닌 거 같아……."

"명문대 애들은 어떻습니까?"

"그건 처음부터 파봤지 않나? 학력만 좋지 집안은……."

"조탁대는 여러 면에서 아직 가능성이 있습니다."

"검찰 딱지 건에 시의원 일까지 더해 보면 그런 것도 같고."

"오늘 일도 그렇습니다. 제가 지켜본 바로는 여느 신규하고 다르거든요. 솔직히 아무리 신규라도 똥오줌은 가릴 텐데 검찰이고 시의원이고 막무가내로 딱지를 끊는 놈이 어디 있겠습니까?"

"다 믿는 구석이 있다?"

"그렇지 않을까요?"

"하긴 똘아이가 아닌 다음에야……."

"똘아이는 아닙니다. 임용 성적은 그저 그렇다지만 그거야 종이 한 장 차이 아닙니까? 더구나 교육원 교육성적은 남자 중에 1등입니다."

"우리가 괜히 헛다리 짚는 거 아닌가 모르겠군."

"언제는 우리가 진통만 짚었습니까? 봉황종고 틈바구니에서 살아남으려면 헛다리도 짚고 썩은 다리에다 짝퉁까지 짚어보는 거죠."

"역시 용 팀장이군. 좀 더 주시해 보자고."

"알겠습니다."

용 팀장은 계단을 내려가는 선우 팀장 뒤에서 시선을 매섭게 세웠다.

'조탁대… 제법 표정 관리를 한다만 오래가지는 못할 거다.'

오후 7시 45분.

아무도 퇴근하지 않았다. 용 팀장과 소 팀장은 저녁 식사를 나갔고 나머지는 식사를 마치고 자리에서 컴퓨터를 두드리느라 여념이 없었다.

탁대도 그들 가운에 섞여 있었다. 내일 당장 제출해야 하는 보고서 때문이었다.

CCTV 단속 알리미와 문자서비스.

요즘 지자체에 유행처럼 번지는 단속시스템 구축이 탁대가 이어받은 업무. 전임자가 깔짝거려둔 계획서를 보니 골치가 터질 것 같았다.

우리 봉황시의 주정차 단속시스템은 인력에 의존하는 바, 새로운 시스템의 도입으로 인력을 효율적으로 운용하고, 나아가 지역 주민들에게 신속하고 빠르게 행정서비스를 실시하며, 타 지자체와의 차별적 업무효율을 추구하고, 단속 불만을 최소화하여 살기 좋은 봉황시를 만드는 데 일조하며, 이로 인하여 주민 만족도와 주민

편익을 타 시도에 비해 극대화할 수 있음으로 사료됨.

아아, 이는 대체 어느 나라 말이냐? 읽고 또 읽어도 그게 그거 같은 말을 미치도록 반복하여 판단력을 가로막는 이 암구호 같은 보고서식……

공적조서도 다르지 않았다.

상기인은 2012년 9월 10일 자 신규로 교통지도팀에 발령받아 근무하면서 주정차 단속업무 시행과 함께 지역 주민을 위해 사명을 다하고 있으며, 특히, 주정차단속업무가 처음인데도 불구하고 창의적인 업무태도로 목표를 초과달성하였으며, 탁월한 행정 능력으로 폭주하는 민원 제기와 시민불편의 최소화, 나아가 예산절감의 현저한 성과를 이루었기에 이에 따라 시정 발전에 기여한 바가 여타 직원의 귀감이 되므로 11월 시장상 표창대상자로 추천합니다.

이놈의 문장들은 단문이라고는 눈 씻고 봐도 보이지 않는다.

"조 주임님."

하는 수 없이 윤아에게 SOS를 보냈다.

"왜요?"

"보고서 말입니다. 꼭 여기 있는 양식에 맞춰서 써야 하나요?"

"마음에 안 들어요?"

"그냥… 좀 어색해 보여서요."

"그거랑 비슷하게 쓰는 게 편할 텐데……."

"이런 건 군대에서 많이 쓰는 서식 아닌가요?"

"문장은 탁대 씨 마음대로 해도 되는데 형식은 지켜야 해요. 그래야 높은 분들이 빨리 파악하거든요."

"아, 네……."

뾰족한 답이 나오지 않았다. 깨인 공무원처럼 보이는 윤아지만 그녀 역시 일부는 로마인이었기 때문이었다.

시간은 어느새 8시. 자판을 치다보니 윤아가 처음에 한 말이 스쳐 갔다.

9 TO 5!

그런 건 없다. 공무원 조직에 있어 정시 출근 정시 퇴근은 그냥 허울에 불과했다. 그건 교통과만의 문제가 아니었다. 대다수 과의 직원들도 6시 칼퇴근은 꿈도 꾸지 못한다. 그나마 6시 언저리에서 퇴근을 감행할 수 있는 건 민원실 직원들이었다. 민원실은 6시에 업무를 마감하므로 그것만 정리하면 문제가 없었다.

But!

다른 과들은 월간, 주간, 일간으로 떨어지는 보고서와 제출서류가 많은 데다 과장들이 경쟁적으로 늦게 퇴근하기 때문에 칼퇴근은 안드로메다의 일이었다.

결국 일찍 가야 7시였다. 그것도 눈치를 봐가며 이런저런 핑계를 대야만 뒤통수가 덜 따갑다. 늦은 퇴근에 대한 보상은 물론 있었다.

그런데, 거기에도 But의 법칙이 적용된다.

공무원의 시간 외 수당 규정은 웃기는 짬뽕이었다. 예를 들어 퇴근 시간 후, 저녁 6시부터 밤 10시까지 근무한다고 치면 앞쪽 한 시간은 잘라내고 3시간만 계산을 해준다.

휴일 근무는 더 웃긴다. 일이 바빠서 9시에 출근해서 밤 8시에 퇴근했다고 치자. 이때 적용되는 시간 외 근무 수당은 딱 4시간이다. 왜냐면 하루 최대 지출 한도가 4시간으로 정해져 있기 때문이다

더 재미난 건 그것조차 지자체나 부서별로 한도 시간이 정해져 있다는 사실이다. 예컨대 힘 있는 부서는 예산이 허용하는 최대한도의 시간을 정해 90시간을 계산해 준다면 어떤 부서는 45시간 정도만 계산을 해준다. 나머지는 그냥 '봉사' 하라는 의미다.

더 재미난 거 2탄도 있다. 이게 바로 늘 문제가 되는 시간 외 수당 부정 수령이다. 대다수 지자체나 기관에는 출퇴근 지문 체크기가 있다. 시간 외 근무자들은 여기에 손가락 지문 키스를 해야 한다.

그러다 보니 양심불량 공무원들 일부는 일단 6시에 체크하고,

집에서 놀다 오거나.

학원에 갔다 오거나.

지인들과 한잔하거나.

…한 후에 돌아와 버젓이 체크를 하는 것이다. 결국 일은 안 하고 돈은 챙기겠다는 심보인데 서로 다른 부서에, 눈먼 나랏돈, 서로 아는 처지라 마땅히 제지할 방법이 없다.

이렇게 예산이 옆으로, 뒤로 줄줄 새다 보니 정작 제대로 일하는 공무원들이 시간 외 수당을 다 받지 못하는 해프닝이 지금 이 순간에도 계속되고 있다.

그런데 공무원들에게도 할 말은 있었다.

'그거 원래 그냥 주던 거야.'

그들의 논리는 그렇다. 먼 과거, 공무원들 월급체계가 제대로 자리를 잡지 못했을 때, 이런저런 명목의 보조금들이 많았다. 바로 박봉을 보전하려는 궁여지책이었다.

이후 1991년 후에 봉급체계가 단순화되고 각종 상여금이나 수당이 본봉에 통일되면서 공무원들의 봉급체계가 개선되었다. 바로 이때, 시간 외 수당까지도 잘 개선했으면 좋았을 것을 이것만은 고무줄처럼 늘였다 줄였다 하며 끌고 오다 보니 이놈의 수당 때문에 월급 차이가 매월 수십만 원까지 나게 된 것이다.

사촌이 땅을 사도 배가 아픈 나라다. 하물며 같은 직급의 같은 호봉인데 저쪽 과의 아무개가 나보다 이달에 40만 원을 더 받았다고 치자. 이게 용인될 일인가?

원래 아는 놈이 더 무서운 법.

'지들이 뭐 그리 할 일이 많다고?'

'맞아. 낮에 탱탱 놀다가 시간 외 하는 거잖아?'

요런 불만이 팽배하게 된 바, 오늘도 시간 외 수당은 논란의 대상이 되고 있는 것이다.

8시 반.

윤아가 가방을 챙길 때 탁대도 따라 일어섰다. 그나마 혜자와 명하는 7시쯤 퇴근한 후였다. 주차 단속원들은 그날 단속된 업무만 처리하면 퇴근할 수 있는 게 불문율인 모양이었다.

"과장님, 먼저 들어갑니다."

윤아는 은 과장을 별로 의식하지 않았다. 탁대도 그 뒤에서 꾸벅 인사를 하고 나왔다.

"조 주임님은 과장님 안 무서워요?"

밖으로 나온 탁대가 물었다.

"처음에는 무서웠지요. 첫 발령이 식품위생과였는데 과장님이 무서워서 반년 동안 말도 못 붙였어요."

"그런데 어떻게?"

"노하우가 궁금해요?"

"네."

"짬밥!"

"짬밥이요?"

"경험이잖아요. 저 양반들 왜 집에 늦게 가는 줄 알아요?"

"그야… 부서장이니까 책임감 때문에……."

"어우, 순진하긴. 우리 과장님은 갈 데도 없고요, 과에 나오면 대접 받잖아요? 집에 있어봤자 찬밥인데 사무실 나오면 과장님, 과장님 하고 딸랑딸랑 챙겨 주는데 왜 아니겠어요."

"……."

"그래도 우리 과장님은 아직 젊어서 그렇지 퇴직 가까우면 가관도 아니에요. 아예 휴일도 없이 출근을 한다니까요."

"……."

"우린 나중에 그러지 맙시다. 사무실이라는 게 부서장이 없어야 잘 돌아가는 것도 모르잖아요. 그렇다고 민원 같은 거나 해결해 주면 또 몰라."

"조 주임님도 불만이 많네요?"

"불만 없는 사람이 어디 있어요? 오늘 일도 그래요. 요행히 잘 넘어갔으니까 그렇지 아니면 보나 마나 무조건 탁대 씨 쪼았을 거라고요. 아, 팀장, 과장이 그런 일 생기면 막아 주라고 있는 거지 뭣 하러 자리 차지하고 있대요?"

"죄송합니다. 괜히 나 때문에……."

"탁대 씨 잘못은 하나도 없어요. 타요. 가까운 데까지 태워다 줄게요."

"저는 들릴 곳이 좀 있어서……."

"그럼 가세요. 오늘 고생 많았어요."

윤아는 그 말을 끝으로 차를 몰고 나갔다. 탁대는 차가 도로에 들어설 때까지 손을 들어 주었다.

'조 주임님… 멋진 선배란 말이지.'

그 말은 진심이었다. 딱히 탁대에게 호의적이라서 하는 말이 아니었다. 딱 부러지는 업무 능력과 할 말은 하고 마는 성격, 그러면서도 후배를 감싸는 마음이 마음에 든 것이다.

밤 아홉 시.

"택시!"

탁대는 평소와 달리 택시에 올랐다. 방향도 집과 달랐다.

'표강일 씨…….'

탁대의 뇌리에는 그 이름이 들어 있었다. 다행히 강일은 탁대의 전화를 반갑게 받아 주었다. 방문도 허락해 주었다. 그나마 쉽게 전화를 할 수 있었던 건 그가 별장에서 해준 언질 덕분이었다.

'다시 보세. 자네에게 할 말이 남았거든.'

그가 할 말 따위는 하나도 궁금하지 않았다. 오히려 탁대 편이 할 말이 많은 쪽이었다. 속 모르는 남들은 표강일과 어떤 사이냐고 물어대지만 탁대 입장은 달랐다. 한가롭게 그 사람 이름을 팔아 호가호위를 누릴 형편이 아니었다.

표강일 일가가 얼마나 대단한지는 검색에서도 나왔다. 별장에서 보았던 송 의원.

그는 자그마치 봉황시의 현역 국회의원이었다. 그런 그조차 대수롭지 않게 생각하던 표도완을 떠올리면 소름까지 돋았다.

'아, 이럴 줄 알았으면 그때 좋은 말로 부드럽게 알려줄걸.'

"표강일 선생님, 선생님 사모님이 지금 바람이 나셨거든요. 그러니까 얼른 일어나셔서 저 못된 불륜 커플을 징치하시고 정의를 보여주세요. 선생님은 하실 수 있어요. 플리즈, 제발요!"

요렇게 안내 방송에 나오는 여자 성우의 목소리처럼 우아하게 소곤거려 줬다면 얼마나 좋았을까? 그런데 슬프게도 상황은 정반대였다.

"어우, 븅신. 저런 걸 마누라라고 사귈 때는 간이라도 빼줬겠지? 요사를 떠는 여우인 줄도 모르고 말이야. 븅신, 븅신, 뷰웅신……."

게다가 뉘앙스는 어땠는가? 그때 탁대는 표강일을 존엄한 생명체로 대하지 않았었다. 인간의 틀을 갖춘 한심+무능력+쪼다+병맛으로 보았을 뿐.

'으악!'

다시 생각해도 몸서리가 쳐졌다. 그 사이에 표강일의 저택이 코앞에 가까워지고 있었다.

3장
1억 사례금을 거절하다

"잠깐 기다리시지요. 사장님은 지금 약탕에서 치료 중이십니다."

탁대를 맞이한 건 그때 보았던 나 실장이었다. 그는 탁대보다 훨씬 연상이지만 깍듯이 대해주었다. 탁대는 거실에 앉았다. 또 보이차가 나왔다. 비싼 차라니 마셨다. 맛은 여전히 없었다.

신기하다.

부자들은, 그것도 방귀 좀 뀌는 사람들은 왜 이런 차를 좋아하는 걸까? 보이차를 선호하는 사람은 한둘이 아니다. 지위와 권세, 학식이 높은 사람들, 나아가 고승들도 그랬다. 마지막 남은 한 모금은 천천히 마셨다. 그런 다음에 짭짤 입안에 맴도는 맛을 음미해 보았다.

'응?'

짧은 느낌이나마 여운 같은 게 맴돌았다. 표강일이 나온 것은 그때였다. 탁대는 벌떡 일어나 인사를 했다.

"오래 기다렸나?"

표강일이 손을 내밀었다. 탁대는 공손히 그 손을 잡았다. 시청에서 본 것보다 얼굴이 좀 더 좋아져 있었다. 이제는 식물인간의 티가 별로 엿보이지 않았다.

"늦게 죄송합니다."

"아니야. 조탁대 씨라면 언제 와도 환영이지."

"감사합니다."

"그래. 무슨 일로……."

"그게……."

"또 애로 사항이 생긴 건가? 그렇다면 편하게 말해 보게."

표강일이 먼저 자리에 앉았다. 탁대는 선 채로 말을 이었다.

"애로 사항이 생긴 건 맞습니다."

"저런, 이번에도 주정차업무 때문인가?"

"그런 것 같습니다."

"누구에게 딱지를 끊었기에?"

"바로 사장님입니다."

"나?"

표강일의 입가에 미소가 사라졌다. 탁대는 강일을 향해 정중히 허리를 조아렸다.

"왜 이러나?"

"곰곰 생각해 보니 사장님께 결례가 컸던 것 같습니다. 용서해 주십시오."

"결례라니?"

"그때 말입니다. 의식이 없으실 때 제가 멋모르고 날뛰던……."

"무슨 말을 하는 건지 모르겠군."

"사장님께 막말을 하지 않았습니까?"

"그러니까 조탁대 씨는 그때 내 전 부인의 불륜 이야기를 하고 있는 거로군?"

"그렇습니다. 그때는 제가 젊은 혈기에 핏대가 올라서 그만……."

"뭐라고 했었나?"

다시 느긋함을 되찾은 강일이 다리를 꼬며 물었다.

"그건……."

"욕을 했었지? 아마……."

"죄, 죄송합니다. 너무 흥분해서……."

"그 말을 하려고 나를 찾아온 건가?"

"그때는 사장님이 어떤 사람인 줄도 모르고……."

"그때 나는 그냥 식물인간이었네."

"……."

"조탁대 씨가 극한의 자극을 하지 않았으면 아직도 그렇게 연명하고 있을……."

"사장님!"

"그게 마음에 걸렸던 모양이군. 나한테 쌍소리를 했던 게……."

"예……."

"그런데 사실 나는 조탁대 씨 욕을 듣지 못했네."

"네?"

"내가 들은 건 느낌이었네. 모욕과 모멸, 그리고 수치와 질투, 배신감과 시기심이 쓰나미가 되어 덮쳐 오는……."

"사장님!"

"쓰나미는 나를 정확하게 강타했고 나는 그 분노의 힘을 빌려 부활했네. 내가 기억하는 건 그게 다야."

"……."

"거짓말이라고 생각하나?"

"네……."

"내가 조탁대 씨에게 거짓말을 해야 할 이유라도 있나?"

"그건……."

"차 안 가져왔지?"

"아직 차가 없습니다."

"그럼 잘됐군."

강일이 자리를 털고 일어났다. 그가 벽으로 가서 스위치를 누르자 한쪽 벽이 자동으로 움직이기 시작했다. 속살을 드러낸 벽에는 온갖 양주가 가득 진열되어 있었다. 강일은 그중 하나를 집어 들었다.

"전에 내가 애음하던 로얄살루트네. 뒷맛이 좋으니 마실 만할 거야."

강일이 물 잔에 술을 따랐다. 병에는 38이라는 숫자가 또렷했다.

'38년산?'

본 적은 있었다. 바로 공항의 면세점에서. 하지만 그때도 가격이 만만치 않아서 눈요기만 하고 말았던 그 술이었다.

"술을 못 마시면 모르겠지만 마실 줄 알면 원샷하게. 아마 조탁대 씨에게 불편한 기억이 있다면 다 씻어줄 걸세."

탁대는 물 잔을 받아 들었다. 달큰한 풍미와 함께 화끈한 냄새가 끼쳐 왔다. 소주잔으로 치면 한 세 잔쯤 될까?

강일은 술병을 든 채 우묵하게 탁대를 바라보았다.

'AC8, 먹고 죽기야 하려고.'

어차피 이 마당에서 갑은 표강일이고 탁대는 을이었다. 똥줄이 탄 탁대는 벌주라고 해도 감수할 판이었다.

'꿀꺽!'

목 넘김은 화끈했다. 잠시 안에서 화산이 솟구치는 것 같았지만 오래는 가지 않았다. 그새 후끈 달아오른 몸에서 서서히 긴장이 내려가고 있었다.

"이제 좀 편해졌나?"

"네⋯⋯."

"자네가 무슨 말을 했는지는 모르겠군. 하지만 내 입장에서는 설령 쌍욕을 했어도 상관없네. 그게 내게는 기적의 처방이었으니."

'기적의 처방?'

"그냥 허튼 말이 아니라네. 병원에 실려 갔을 때 내 지정의께서 그러더군. 자네야말로 명의니까 자기보다 자네에게 인사를 하라고. 당시에는 내 몸도 그렇고 해서 부득 용돈으로나마 인사를 했던 걸세."

강일은 잠시 탁대를 바라보더니 조용히 말을 이었다.

"다만 그때 내가 조탁대 씨에게 주려던 돈은 3백만 원이 아니었네."

"그럼?"

"지난번에는 아버지 때문에 말하지 않았네만……."

강일이 구석의 벽장으로 가더니 서랍을 열어 봉투를 꺼내 들었다.

"바로 이게 원래 내가 생각했던 사례금이야."

탁대는 반응하지 않았다. 사례금 300만 원은 적지 않았다. 더구나 그 돈으로 로르바흐의 흔적을 확인하고 보너스 마법까지 익히지 않았던가?

"보시게. 내 생각에는 지금이라도 받아줬으면 하네만."

강일이 봉투를 내밀었다. 하지만 탁대는 그걸 받지 않았다.

"사장님의 사례는 충분하고도 남았습니다. 더구나 제 결례를 이해해 주셨으니 고맙고, 시청에서 제 곤란을 해결해 주신 것도 제겐 과분한 도움이었습니다."

"보지도 않고?"

"그때 알바비도 받았고 사장님이 주신 돈으로 염치없이 제 생애 가장 소중한 해외여행으로 생의 가치를 다시 조명하게 되었으니 더 바라는 거 없습니다."

"그렇다면 내가 미안해지는군. 돈으로 신세를 갚으려 해서 말이야."

"늦은 밤에 죄송합니다. 편히 쉬시고 쾌차하셔서 좋은 날 누리시기 바랍니다."

탁대는 인사를 하고 돌아섰다. 걱정이 해소되었으니 더 머물 필요도 없었다.

'조탁대……'

탁대가 정원으로 나가자 강일은 소파에 앉았다. 잠시 후에 나 실장이 들어왔다.

"갔나?"

"예. 태워다 준다고 해도 한사코 거절하더군요."

"그랬겠지. 이것도 마다한 친구인데……."

강일이 봉투를 들어 보였다.

"그걸 거절했단 말입니까?"

"그러게 말이야. 역시 세상은 아름다운 곳이야."

"사장님……."

"돈으로 안 되는 게 많으니까 말이야. 건강… 사랑… 그리고 젊은이들의 신념……."

강일은 담담한 표정으로 봉투를 열었다. 안에서 모습을 드러 낸 건 물경 1억짜리 수표였다.

탁대는 한잠 개운하게 자고 일어났다. 시간은 이른 아침이었 다. 원샷한 로얄살루트의 위력이었다. 그래도 뒤끝은 깔끔했다. 이래서 다들 비싼 양주를 찾는 모양이었다.

가만히 표강일을 생각했다. 다행이었다. 그가 탁대에게 감정 을 갖고 있지 않은 건 확실해 보였다. 그게 아니라면 그가 보복 할 기회는 얼마든지 있었다.

탁대는 거실로 나왔다. 거실은 먼동이 살짝 치고 들어와 어둡지 않았다. 그런데, 소파에 동환이 보였다. 잠옷 차림의 동환은 신문을 들고 졸고 있었다. 늘 일찍 일어나는 동환. 그렇다고 해도 예전에는 한 번도 보지 못한 모습. 그도 세월의 무게를 못 이겨 피로가 쌓인 것이다.

'한 번……'

슬쩍 호기심이 발동했다. 사실 탁대는 아버지 동환과 친했다. 초등학교 때만 해도 동환의 손을 잡고 다녔다. 그러다 소원해진 때가 중2였다. 그때 여친이 생겼다. 여친이 아니어도 자고 나면 문득 아랫도리에 힘이 들어왔다. 그런 현상은 초등 고학년 때 일어났지만 본격화된 건 그즈음이었다.

몽정도 하고, 요상한 꿈을 꾸면 자위도 했다. 그때 가장 거북했던 게 아버지 동환이었다. 현미경으로만 볼 수 있는 올챙이를 몸 밖으로 내보내는 일을 하다 보니 어쩐지 동환을 멀리하게 만들었다.

절정은 중3 때였다. 어쩌다 동환과 일주일을 있게 되었다. 탁대가 한 말은 다 합쳐도 몇 마디 되지 않았다.

"뭐 먹을래?"

"……."

"라면 먹을까?"

"네."

"뭐 사다 줄까?"

"아무거나요."

"무슨 피자 시킬까?"

"……."

"불고기 피자?"

"네……."

매사가 그랬다. 딱히 동환이 싫은 것은 아니었다. 다만 거북했다. 마치 탁대 속을 다 들여다보는 것 같다고나 할까? 그때는 진심 동환이 말을 시키는 것조차 불편했었다.

그러다가 고등학생이 되었다. 성적이 바닥을 기니 둘은 또 불편한 동거를 지속했다. 성적 때문에 잔소리를 한 적은 많았지만 그렇다고 해도 동환은 성적을 가지고 탁대를 조지지는 않았다. 그게 미안해서 말문을 닫았다. 그때도 탁대의 입에 붙은 말은 '네'가 단골이었다.

결국 동환과 소원한 상태가 되었다. 가끔은 등도 두드려 주고 소주 한 잔도 나누고 싶어도 아버지다 보니 거북했다. 그러다 공무원 공채에 합격하면서 몇 마디 나누었지만 여전히 겉도는 사이인 것은 부정하기 어려웠다.

탁대는 자동차 잡지를 들고 슬쩍 동환 곁에 앉았다. 동환은 깨지 않았다. 푸석한 동환의 손등에는 검푸른 핏줄이 늘어져 보였다. 삶의 무게가 켜켜이 쌓인 것이다. 탁대는 동환의 손목에 닿았다.

타자환몽!

동시에 생각했다. 아버지가 이상한 꿈을 꾸지 않기를…….

그건 진심 기우였다. 동환은 부모님 꿈을 꾸고 있었다. 꿈 안에 오래전에 잊었던 할머니와 할아버지가 보였다. 두 사람은 병환으로 유명을 달리했지만 꿈속에서는 건강하고 활기차 보였다.

동환은 젊은 날의 모습으로 부모님과 도란거렸다. 낯선 집은 할아버지의 집 같았다. 탁대는 할아버지와 할머니에게 절을 올리고 동환에게 발렌타인 30년산을 건네주었다. 신기하게도 잡지에서 보았던 명품 양주가 탁대의 손에 있었던 것이다.

동환은 해피한 모습으로 부모님을 대접했다. 남은 술은 탁대가 동환에게 따라주었다.

"아버지!"

꿈이니까 용기를 내어 동환의 품에 안겼다.

"그동안 저를 위해 모든 걸 바쳐 주셔서 정말 고맙습니다. 사랑합니다."

"탁대야!"

"사실 늘 아버지를 좋아했어요. 그런데 어느 날부터 그 말을 하기가 쑥스러워서……."

"탁대야!"

"그러니까 서운해 마세요. 제 마음에서 아버지가 자랑스럽지 않은 적은 한 번도 없으니까요."

탁대의 고백에 동환은 눈물을 흘렸다. 어느 샌가 할아버지와 할머니는 보이지 않았다.

"그건 나도 마찬가지다. 가끔 꾸짖고 화도 냈다만 네가 내 아들인 게 늘 고마웠어."

"아버지."

"고맙다. 내 아들로 태어나 줘서……."

"저도 아버지가 제 아버지인 게 늘 고마웠습니다."

동환이 눈물을 닦는 사이에 탁대는 슬쩍 꿈에서 빠져나왔다.

동환은 잠시 후에 마더의 한마디에 깨어났다.

"이 양반이 왜 이런 데서 졸면서 울고 난리야? 꿈에서 옛날 애인이라도 만났어요?"

동환이 눈을 떴을 때 그 눈에 보인 건 허리춤에 손을 올린 마더였다. 탁대는 그 뒤에 있었다. 마치 아무것도 모르는 얼굴을 한 채.

"울기는 누가 울었다고……."

"그럼 그게 운 거지 비 맞은 거예요?"

"당신도 몇 살 더 먹어봐. 눈물샘이 열려서 저절로 눈물이 난다고."

"어이구, 저러니까 남자들은 나이 먹어도 철부지라고 그러지."

마더는 혀를 차며 동환을 닦아세웠다.

"에이, 너무 그러지 마세요. 아버지도 고단하셔서 잠깐 졸았나 본데……."

듣고 있던 탁대가 동환의 편을 들고 나섰다.

"이야, 역시 우리 아들밖에 없구나. 당신도 좀 배우라고. 배워!"

동환은 그 말을 남기고 욕실로 들어갔다.

'다음에는 진짜 안마도 해드릴게요. 아버지…….'

동환의 뒷모습을 바라보며 탁대는 소리 없이 중얼거렸다. 가족에게 처음으로 써먹은 로르바흐의 마법. 느낌 좋았다.

*　　　　*　　　　*

이른 아침, 탁대는 사무실 문을 열었다. 오늘도 은 과장은 자기 자리에 있었다. 일찍 나오고 늦게 퇴근하기. 이미 익숙해진 일이지만 일부 공무원들은 그게 '능력' 이라고 착각하는 사람들이 있다. 그저 할 일 없이 자리만 지키면 된다는 어이없는 신념이었다.

"안녕하세요!"

인사를 하자 은 과장은 쳐다보지도 않고 손만 살짝 들었다 놓았다. 탁대의 눈이 소파 테이블에 놓인 신문에 가 닿았다.

미제 사건 처리한 경찰, 일 계급 특진!

제목이 마음을 끌었다. 공무원이 되고 보니 특진이라는 단어만 보면 아드레날린이 콸콸 쏟아졌다. 군인이나 경찰처럼 계급장을 붙이고 다니는 건 아니지만 그 매력은 감추기 힘들었다.

탁대는 공무원 특진 규정을 떠올렸다.

공문을 뒤지다 알아낸 조항이었다.

특별승진임용기준 : 직무수행능력이 탁월하여 행정발전에 지대한 공헌을 한 공무원을 특별승진대상자로 인정할 수 있는 기준은 다음 각 호의 어느 하나와 같다.

1. 규제 개혁, 고질적 민원업무 개선, 창의적 업무개선, 예산절감 등으로 주민 편의 증진에 탁월한 기여를 한 공무원.

2. 국정과제 또는 지방 역점과제의 성공적 추진으로 경제위기

극복 및 행정발전에 탁월한 기여를 한 공무원.

3. 사회복지 등 주민수요 급증 업무의 적극적·능동적 수행으로 탁월한 실적을 거둔 공무원.

4. 겨무·기피 업무를 성실히 수행하여 탁월한 실적을 거둔 공무원

5. 업무와 관련한 기능경시대회에서 전국단위 3위 이내 또는 서울특별시 단위 1위에 입상한 기능직공무원.

6. 조건부승진 신청자 중 지방행정발전에 공헌을 하였다고 인정되는 공무원.

7. 그 밖에 임용권자가 제1호 및 제4호에 따른 기준에 준하는 수준의 지방행정발전에 공헌을 하였다고 인정하는 공무원.

얼핏 보면 5항만 빼고 전부 해당하는 탁대. 하지만 죄다 뜬구름 잡는 이야기처럼 보였다.

'대체 기준이 없잖아?'

조항을 바라보며 생각했다. 현재의 업무 중에서 뭘 잘하면 특진이 가능할까? 이건 탁대가 속물이어서가 아니었다. 어차피 하는 일이라면 남들보다 탁월하게 해서 승진하면 좋고, 그건 연봉이나 로르바흐를 위해서도 요구되는 일이었다.

'남의 집 세입자로 살아도 지겨울 판에 남의 꿈속 기생체로 산다는 건······.'

아마 군대를 열 번 가라는 것보다도 더 지긋지긋한 고통이 아닐까?

그쯤에서 시청 홈페이지를 열었다. 간밤의 민원 여부를 확인

하는 것도 중요한 일과의 하나니까.

'응?'

한 줄 한 줄 시민의 민원 제기를 읽어보던 탁대 눈이 휘둥그레졌다.

주차 단속을 문제 삼은 전자민원. 민원을 올린 사람은 바로 뚱땡이 귀부인이었다.

친애하는 시장님!

저는 봉황시에 25년째 거주하고 있는 아파트 부녀회장입니다. 우선 시정에 애쓰시는 점, 깊은 감사를 드립니다. 드릴 말씀은 다름이 아니고 제가 너무 어이없는 행정처분을 겪었기 때문입니다.

48년째 시정에 협력하며 무단횡단 한 번 해보지 않은 저로서는 어처구니없는 일이라, 놀란 마음 달래지 못하고 정신과 병원까지 다녀왔습니다. 이는 민주시민으로서 당연한 권리를 침해당한 일이라 원통함 참을 수 없으니 시장님께서 무소불위의 단속권을 휘두르는 담당 공무원을 징계해 주셔서 봉황시를 살기 좋은 도시로 만들어 주실 것을 진심으로 부탁드립니다.

'크헐, 아주 소설을 썼구나. 그것도 개념 말아먹은……'

적반하장도 유분수지. 그녀는 모든 것을 조작하고 자기 편의에 맞춰 투서를 올렸다. 선량한 시민인 척 위장한 인사말 아래의 글이 그걸 대변하고 있었다.

고압적 단속행태.

단속 면제 대가로 금품 요구.

지능적인 욕설.

단속시간 조작.

귀부인의 주장을 읽은 탁대는 어이 상실에 멘붕, 쓰나미에 이르고 말았다. 조작한 것은 오히려 민원 쪽인데 덤터기를 씌우는 것이다.

"조탁대!"

은 과장 목소리가 천정을 뚫고 올라갔다. 할 일 없이 이것저 것 클릭하더니 그도 민원을 확인한 모양이었다.

윤아나 혜자, 명하와 의논할 여유도 주지 않고 탁대는 은 과 장 앞으로 불려갔다.

"이거 뭐야?"

은 과장은 자기 책상의 화면을 툭툭 건드리며 물었다.

"과장님, 그건 생떼 민원이에요."

혜자도 민원을 봤던지 탁대 뒤로 다가와 말했다.

"내가 너한테 물었어?"

은 과장의 목소리가 거칠어졌다.

"제가 해결할게요."

따갑게 쏘아보는 은 과장의 기세는 아랑곳없이 나선 건 윤아 였다. 은 과장은 기분이 나쁜지 윤아까지 싸잡아 쏘아보았다.

"답변서 작성해서 보고드릴게요."

업무 처리를 꿰뚫고 있는 윤아는 물러서지 않았다.

"이게 지금 답변서로 끝날 사안 같아? 시장님도 보고 감사관 실에서도 보았을 텐데?"

"보복성 민원일 수도 있잖아요?"

"보복성?"

"이런 민원 한두 번이었나요? 전에 저도 그렇고 오 주임이 담당일 때도 단속에 반발하는 사람들의 어처구니없는 민원은 연중행사였어요."

순간 과장 책상의 전화가 울렸다.

"예, 교통과입니다."

전화를 받은 은 과장의 인상이 확 구겨졌다. 예감이 좋지 않았다.

"알겠습니다. 제가 책임지고 조치하겠습니다. 예, 예… 불편을 끼쳐 죄송합니다. 예, 예……."

설설 기는 은 과장. 보지 않아도 민원을 제기한 부인인 모양이었다.

"전화 건 사람이 누군지 알아?"

"……."

탁대를 비롯한 일동은 침묵을 지켰다.

"민원 제기하신 분이야. 얘기 들어보니 부녀회장에다 사회적 지위도 있는 분인데 아주 없는 말을 지어내겠어? 더구나 단속면제 대가로 금품 요구까지 했으면 파면도 할 수 있는 사안이야."

"그런 적 없습니다."

기세를 올리는 은 과장. 그래도 탁대는 소신 있게 대꾸했다.

"정말이에요. 금품 요구라뇨? 그런 적은 절대 없어요, 과장님!"

항변하는 혜자와 명하는 거의 울기 직전의 목소리였다.

"조탁대, 설명해 봐."

은 과장은 거두절미하고 탁대를 윽박질렀다. 그 사이에 용 팀장이 허둥지둥 뛰어 들어왔다. 그 역시 다른 직원의 말을 듣고 달려온 차에 사무실 분위기를 보고는 상황을 파악했다.

"용 팀장!"

은 과장 목소리는 점점 더 높아졌다.

"죄송합니다. 제가 부하 관리를 잘못해서……."

"이게 죄송으로 끝날 일이 아니야. 민원 올린 양반 남편이 서울에서 잘나가는 일간신문사 부국장이라잖아!"

'부국장?'

그 한마디에 용 팀장은 물론 윤아까지 사색이 되었다. 공무원들이 가장 질색하는 일 중의 하나가 바로 사건의 언론보도. 상황 파악이 안 되는 건 공무원의 생리를 잘 모르는 탁대뿐이었다.

"제가 조탁대와 함께 찾아가서 사과드리고 민원도 내리도록 부탁하겠습니다."

용 팀장이 은 과장을 향해 고개를 조아렸다. 하지만 탁대 생각은 달랐다.

"제가 왜요? 저는 정당하게 과태료를 부과한 겁니다."

"이 사람이……."

탁대가 반발하자 용 팀장이 눈자위를 찡그렸다.

"하여간 서둘러. 시장님이 부르시면 당신들 두 사람, 무사하지 못할 줄 알라고!"

은 과장은 신문으로 책상을 내려치고 사무실을 나갔다.

"으아, 진짜 복마전이 따로 없네. 조탁대, 왜 이래?"

핏대가 오른 용 팀장이 탁대를 향해 언성을 높였다.

"이거… 어떻게 처리해야 하죠?"

탁대는 일단 윤아에게 자문을 구했다.

"민원이 떴으니까 우선은 답변을 작성해서 결제를 득한 후에 답변 달아야 해요. 하지만 분위기보니 뭐라고 답변을 해도 쉽게 결재가 날 것 같지 않네요."

"저는 진짜……."

"나도 알아요. 그런데 높으신 분들이 자기 다칠까 봐 소신은 안드로메다에 날려 놓고 난리부터 치니, 어쩌면 좋아요."

윤아는 용 팀장 들으란 듯이 뼈 있는 말을 던졌다.

"다른 방법은요?"

"용 팀장님 말처럼 하면 돼요. 민원인 찾아가서 죽여주세요, 하고 사과하고 스스로 글을 내리게 하면 되죠."

"……."

"진짜 주차 단속을 용역 주든지 해야지……."

윤아는 짜증을 내며 밖으로 나갔다.

"이건 사무실에 위아래도 없으니… 뭐해? 당장 나가게 준비하지 않고."

윤아의 뼈 있는 말에 기분이 상한 용 팀장이 탁대를 향해 소리쳤다.

"혼자 다녀오겠습니다."

"뭐야?"

"어차피 제 업무 아닙니까?"

탁대는 그 길로 사무실을 나왔다. 며칠 사이지만 은 과장의 행태를 알 것 같았다. 뭐든 골치 아픈 것은 싫어한다. 그가 바라는 건 오직 무사태평, 그리고 무사안일… 바로 복지부동의 원형, 공무원이었다.

"탁대 오빠……."

혜자와 명하가 따라 나왔다. 하지만 탁대는 그냥 정문을 향해 걸었다. 오기가 생겼다. 누명도 이런 누명이 없었다. 정당한 공무집행을 이렇게까지 조작하다니? 이게 바로 진상 민원이 아니면 무엇인가?

끼익!

막 정문에 이르렀을 때 자가용 한 대가 탁대 앞에 멈췄다.

"타게!"

창문을 내린 사람은 용 팀장이 아니었다. 늘 과묵하던 사람, 바로 황 팀장이었다.

"황 팀장님!"

"타라니까."

"저, 출장 가는데요?"

"알아. 박복자 씨 만나러 가는 거잖나?"

"그런데 왜 팀장님이……."

"하나만 알고 둘은 모르나 본데, 나 교통과 주무팀장이야. 그러니까 자네 팀의 업무도 관할권이 있다고."

황 팀장의 운전석 앞에는 전자민원 내용을 출력한 용지가 올려져 있었다.

"그러니까 자네는 정당하게 과태료를 부과했다?"

황 팀장이 단속 장소에 서서 물었다.

"그렇습니다. 그곳은 주정차 위반구역이었고 정확히 15분이 경과한 후에 과태료를 부과했으니까요."

"저기라면 단속 장소가 맞긴 하군."

황 팀장은 단속 규정을 잘 꿰고 있는 것으로 보였다.

"그러니까 자네 생각에 자네는 결백하겠군."

"네."

"억울하기도 하고?"

"그렇습니다."

황 팀장이 핵심을 짚어 주자 괜히 울컥해지는 탁대.

"공무원이 되면 간과 쓸개는 다 빼버려야 한다는 말 못 들어 봤나?"

"솔직히 왜 그래야 하는지 모르겠습니다."

"신규다운 생각이야."

황 팀장의 입가에 미소가 번져 갔다. 하지만 탁대는 웃을 마음이 없었다.

"누가 봐도 이 민원은 감정적이야. 나도 알고 감사실도 알고 시장님도 알겠지. 그리고… 은 과장님도 마찬가지고."

"……?"

"탁대 씨는 이렇게 말하고 싶겠지. 이런 억지를 쓰는 민원은 오히려 업무방해로 처벌을 해야 한다고."

"그렇… 습니다."

"공권력이 필요 이상으로 행사될 때는 그랬네. 물론 이런 음

해성 투서는 꿈도 꾸지 못했을 테고."

"……."

"그런데 지금이 어떤 시대인가? 개인주의가 극대화되다 못해 자존심의 귀족주의가 펼쳐지는 21세라네. 안 그런가?"

"그건……."

"내가 보기에 자넨 한 가지 큰 실수를 저질렀네."

'실수?'

"뭔지 알겠나?"

"모르겠습니다."

"프라이드, 즉 자존심!"

"네?"

"자넨 민원인의 자존심을 건드렸어. 더구나 시민들이 치를 떠는 과태료 아닌가? 돈을 내는 것도 억울한데 자존심까지 상하면 어떻게 될까? 나라면 못 먹는 감, 찔러라도 볼 걸세."

"역시 제 잘못이라는 말입니까? 저는 법규 위반에 대해 충실하게……."

"당연히 자네가 표면적으로 잘못한 건 없네. 하지만 공권력의 핵심은 국민의 지지와 이해가 우선이라네."

"……."

"아무리 법규 위반이라고 해도 주민을 설득하고 동의를 구해야 하는 것. 그 또한 공무원의 직무야."

"그렇게까지……."

"억울하겠지. 하지만 자네가 수행하는 직무는 첨예한 주민들의 이해관계가 얽히고설키는 공직이라네. 자네가 수행하는 대로 주민들이 예 하고 따라 주면 그건 일상이 아니라 이상이야."

"황 팀장님……."

"지금 자네는 일상에 있는 거지, 이상에 있는 게 아니야."

"……."

황 팀장의 진지한 말. 그 말에 탁대의 소뇌, 중뇌, 간뇌, 대뇌에 불이 확 하고 켜졌다.

"만약 내 말이 틀려서 자네가 공정하고도 예의 바르게 과태료를 부과했다면 이 민원은 내가 책임지고 해결해 주겠네. 하지만!"

말을 끊은 황 팀장은 탁대를 바로 보며 꼬리를 이었다.

"내 말이 맞다면 자네가 진심으로 민원인에게 사과하게. 죄는 미워도 사람은 미워하지 말라는 말이 있듯이 비록 위반을 했다고 해도 자존심까지 무시할 권리는 공무원에게 없네."

"……!"

황 팀장의 눈에서 압도적인 포스가 터져 나왔다. 그 포스는 억울함에 가득하던 탁대의 마음을 단숨에 바꿔놓았다. 깨달음, 그걸 탁대 가슴 깊이 찔러 넣은 것이다.

"황 팀장님!"

"아무 말도 말고 시도해 보게. 아무리 21세기지만 진심은 통하는 법이라네."

"……."

"과장님께는 내가 시간을 끌고 있겠네."

황 팀장은 저만치 흰색 선에 세워둔 차를 향해 걸어갔다. 탁대는 그 모습에서 새로운 세상을 보았다. 인간미라고는 좀 체

느낄 수 없던 공무원 조직. 하지만 그곳에도 길과 사표(師表)는 있었다.

'봉황시 행정의 달인 3인방 중 한 분이라더니…….'

탁대는 자신도 몰래 고개를 끄덕였다. 무뚝뚝하지만 결정적일 때 길을 알려 주는 선배. 입으로만 일하는 용 팀장에 비해 그야말로 진정한 귀감이었다.

하지만!

탁대는 고개를 저었다.

그건 상식이 있는 인간을 대할 때 쓸 수 있는 것.

'미친개에겐 몽둥이가 제격이지!'

탁대는 후끈해지는 감정에 불을 질렀다.

'여기로군.'

탁대는 민원을 제기한 귀부인의 아파트로 찾아갔다. 봉황시에서는 부촌에 속하는 고층 대형 아파트였다.

딩동!

벨이 울리자 안에서 여학생의 목소리가 새어 나왔다.

"누구세요?"

"시청 주정차 담당 공무원입니다. 박복자 님 좀 만나러 왔는데요?"

"엄마 지금 없어요."

"어디 가셨는지 연락이 안 될까요? 꼭 좀 뵈어야 하는데……."

"저 앞산에 등산 갔는데 언제 올지 몰라요."

"혹시 전화번호 좀 알 수 있을까요?"

"엄마는 전화 안 가지고 갔어요."

여학생의 대꾸는 그것으로 끝났다. 앞쪽 산이라면 멀지는 않았다. 엘리베이터 쪽으로 돌아서며 산으로 찾아가야 하나 생각할 때, 여학생의 통화 소리가 새어 나왔다.

"엄마, 시청에서 공무원이 찾아왔어."

"응? 대꾸도 하지 말라고?"

"알았어. 전화번호도 안 가르쳐 줬어."

불신!

그게 탁대의 온몸을 압박하고 들어왔다. 공무원이 이렇게 인기 없는 일이었던가 생각하니 쓴웃음이 났다. 엘리베이터가 내려오는 동안, 사표라는 말이 스쳐 갔다. 마더와 동환의 얼굴도 스쳐 갔다. 그 뒤를 이어 로르바흐······.

'아니야. 첫 끗발이 개 끗발이라잖아.'

탁대는 고개를 저었다. 아버지 동환의 명언을 생각했다. 시작이 힘드니 나중이 좋을 것이다. 다시 곱씹으니 그 말이 약간 위로가 되었다.

탁대는 산으로 향했다. 등산로는 여러 개지만 이 아파트에서라면 가장 가까운 곳이 있었다. 그 입구에서 약수를 한 바가지 마셨다. 마음이 좀 담담해졌다.

박복자를 기다렸다. 눈이 빠지게 기다렸다. 오가는 사람들을 일일이 확인하는 것도 쉬운 일은 아니었다. 한참 후에 혜자에게 전화가 왔다.

―걱정되어서 전화했어요.

"난 괜찮으니까 일 봐."

―잘될 거 같아요?

"잘되게 해야지, 뭐."

통화는 의례적으로 끝났지만 그녀의 마음은 고마웠다. 가재는 게 편이라더니 그나마 탁대를 걱정해 주는 건 하위직뿐이었다.

박복자!

그녀는 해가 이슥해져 서야 등산로에 모습을 드러냈다. 명품 등산복에 지팡이, 모자와 배낭까지 갖춘 모습은 흡사 히말라야 원정대처럼 보였다. 그녀의 옆에는 날씬한 아줌마가 보였다. 아줌마의 차림은 수수해 보였다.

"박 여사님!"

탁대는 꿀꺽 침을 넘기고 다가가 정중히 묵례를 올렸다.

'일단 하는 데까지 해보고……'

탁대는 천천히 고개를 들었다.

4장
천벌 작렬!

"뭐예요?"

부인은 눈부터 부라렸다.

"잠깐 드릴 말씀이 있어서 찾아왔습니다."

"누구야?"

옆에 있던 아줌마가 물었다.

"높으신 공무원 나리. 바쁘신 분들이 왜 나를 찾아왔는지 모르겠네."

부인은 콧대를 세우고 보란 듯이 비아냥거렸다.

"아, 그 무대뽀로 딱지 끊었다는?"

무슨 말을 들은 건지 아줌마도 거들고 나섰다.

"어제 일로 마음이 상하셨다면 진심으로 죄송하게 생각합니다."

"됐어요. 난 시장님하고 상대할 거니까, 가서 딱지나 끊으세요. 시장님도 안 되면 청와대까지 달려갈 거니까."

"맞아. 자기 남편이 청와대에도 아는 사람 많잖아?"

두 여자는 죽이 척척 맞았다.

"아시겠지만 과태료 부과는 정당했습니다. 다만 그 과정에서 제가 사려 깊지 못했음을 사과하러 왔습니다."

"흥, 끝까지 잘했다 이거야?"

부인의 목청이 높아지기 시작했다.

"양해하시고 전후사정과 다른 민원 제기를 내려 주시면 고맙겠습니다."

"야, 조탁대!"

흥분한 부인이 탁대의 가슴팍을 밀치며 소리쳤다.

"꺼지고 조용히 해결하고 싶으면 너네 과장이나 시장 오라고 해. 그럼 내가 한 번 고려해 볼게."

기세등등한 부인은 아줌마와 함께 근처의 커피전문점으로 들어갔다.

'오냐, 이렇게 되면 인간적인 대접은 기대하지 말거라.'

탁대도 커피전문점으로 따라 들어갔다. 테이블은 거의 만 원이었다.

귀부인과 아줌마는 테라스가 가까운 테이블에서 수다를 떠느라 바빴다. 탁대는 카페모카를 주문했다. 커피라도 달콤한 걸 마시고 싶었다.

커피가 나오자 손에 든 진동기가 우우웅 떨었다. 귀부인은 간간이 탁대를 바라보았다. 갑으로서의 우위를 점했다고 생각했는지, 매번 멸시에 가까운 시선이 느껴졌다.

'당신, 사람 잘못 건드렸어.'

탁대의 손에서는 화염이 아른거렸다. 당장이라도 면상에 발사하고 싶었지만 참았다.

대신 콩알 크기의 화염을 슬쩍 커피 잔 위에 피워놓았다.

"앗, 뜨거!"

커피를 마시려던 귀부인이 화들짝 놀라며 잔을 내려놓았다.

'쫄 거 없어. 이제 시작이니까.'

탁대는 시치미를 떼고 커피 향을 음미했다.

얼마가 지났을까?

마침내 본격 복수의 시간이 돌아왔다. 귀부인이 생리적 신호를 느낀 것이다.

"화장실 좀 다녀올게."

귀부인이 의자 모서리를 잡고 일어서려는 순간. 탁대는 보란 듯이 마법을 날렸다.

'붙어라. 방댕이! 초강력 울트라 접착제보다 더 강하게!'

탁대는 염원을 쏟아 부었다.

"어머!"

귀부인 박복자가 소리쳤다.

"왜?"

사태를 알 리 없는 아줌마는 커피 잔을 입에 댄 채 태연하게 물었다.

"몸, 몸이 안 떨어져."

어떻게든 일어서려고 몸을 흔드는 귀부인.

"장난하니? 얼른 다녀와."

"야, 이년아. 몸이 안 떨어진다니까."

"아이고, 그 의자 바닥엔 강력접착제가 있다니? 그러다 지리지 말고 얼른 다녀오라니까."

"미, 미친년……."

거기서 귀부인은 울상이 되었다. 저수용량이 넘친 걸 참지 못하고 수문이 열린 것이다.

"얘……."

그걸 본 아줌마는 사색이 되었다. 명품 등산복으로 차려입고 갖은 폼을 다 내고 있던 두 사람. 게다가 사람이 바글거리는 카페에서 오줌을 쌌으니…….

"왜 그러고 있어? 빨리 가서 씻어."

벌떡 일어난 아줌마가 소리치자 주변 사람들이 죄다 돌아보았다.

"어머!"

"어우, 찌린내……."

일단 옆 테이블의 손님들이 코를 막고 일어섰다.

"손님, 여기서 이러시면……."

소란을 듣고 다가온 남자 매니저가 울상을 지었다.

"야, 내가 그러고 싶어서 그런 줄 알아? 의자에 접착제가 붙어서 몸이 떨어지질… 응?"

핏대를 올리던 박복자의 몸이 아무렇지도 않게 떨어졌다.

"이게 왜 이래?"

"너 진짜 어디 아프니? 사람 창피하게 만들지 말고 빨리 가서 씻고 와."

보다 못한 아줌마가 버럭 소리를 질렀다. 박복자는 손수건으로 얼굴을 가린 채 화장실로 뛰었다. 그 사이에도 누런 물이 바지를 따라 흘러 내렸다.

"호호홋!"

여기저기서 놀리는 웃음이 그녀를 따라갔다.

탁대도 슬쩍 일어섰다.

화장실은 남녀 구분이 되어 있었다. 하지만 공간이 좁은 곳에 형식적으로 칸막이만 한 거라서 여자 화장실의 소리가 죄다 들려왔다.

"미치겠네."

귀부인은 콧구멍 평수를 넓혀가며 구시렁거렸다.

쏴아아!

촤아아!

물소리가 들려왔다. 여자들은 씻어야 한다. 남자하고는 근본이 다른 존재들이다. 게다가 바지가 다 젖었다. 그냥 젖은 것도 아니고 오줌이었다.

'일단 바지를 벗을 테고.'

그 다음은 속옷을 벗을 것이다. 등산 중이었으니 여벌의 옷이 있을 리는 없었다. 벽에 귀를 기울이자 씩씩거리는 말소리가 전해왔다.

"요즘 왜 이러는 거야? 저번에도 차에 엉덩이가 붙더니⋯ 엉덩이에 본드 귀신이라도 붙었나? 여보세요!"

귀부인은 수화기를 집어 들었다.

"애, 등산로 쪽에 카페 알지? 거기로 옷 좀 가져와. 속옷도 가져오고… 왜 그러냐고? 그냥 시키는 대로 해. 아참, 수건도……."

철픽!

물 먹은 바지를 내던지는 소리가 들려왔다.

'토실한 엉덩이를 바비큐로 만들어 버려?'

하지만 그걸로는 성이 차지 않았다. 화장실을 나온 탁대는 여자 화장실을 돌아보았다. 문은 틈이 넉넉해 보였다.

'어디 당신도 한 번 당해 봐.'

탁대는 문틈으로 화염 덩어리를 밀어넣었다. 그것도 세 방이나 나란히.

"까아악!"

비명이 카페를 흔들었다. 겁을 먹은 귀부인은 아랫도리를 훤하게 드러낸 채 화장실에서 뛰어나왔다. 물론 탁대는 이미 자리에 앉은 후였다.

"왜 그러세요?"

서빙을 하던 매니저가 달려왔다.

"으아악!"

매니저의 입에서도 비명이 터졌다. 왜 아닐까? 그의 눈앞에 선 귀부인은 하체에 실오라기 하나 가리지 않고 있었다.

"까악!"

그 상황을 파악한 귀부인의 비명이 이어졌다. 그걸 듣고 돌아본 손님들도 비명을 질렀다. 놀란 귀부인은 어쩔 줄 모르다가 남자 화장실로 뛰었다. 숨을 곳을 찾았지만 여자 화장실은 열

수가 없었다. 난데없이 쳐들어온 불덩이에 대한 공포심 때문이었다.

"까아악!"

비명은 한 번 더 터졌다. 화장실 안에는 남자가 있었던 것이다.

소란은 곧 멈췄다. 하지만 귀부인은 이미 멘붕 상태였다.

"정신 차려. 화장실에 무슨 도깨비 불이야?"

"진짜라니까. 그것도 세 개나……."

귀부인은 진실을 말했지만 그 진실은 남아 있을 리 없었다. 그래도 손님 말이라고 확인을 끝내고 돌아온 매니저는 혀를 끌끌 차며 말했다.

"죄송하지만 다른 손님들을 위해 나가주시면 고맙겠습니다."

개망신을 당한 귀부인은 비틀거리며 밖으로 나갔다. 아랫도리는 매니저가 말려온 바지를 걸쳤다. 그때까지도 딸은 오지 않았다. 하긴 요즘 애들이 부른다고 냉큼 올 아이들인가?

"애, 나 간다."

귀부인의 친구인 아줌마는 뒤도 돌아보지 않고 제 갈 길을 가버렸다.

"저기요."

비척비척 걸어가는 귀부인에게 탁대가 다가섰다. 생각 같아서는 엉덩이를 구워버리고 싶었지만 그녀에게 필요한 게 있었다.

바로 민원 철회!

"……."

혼이 빠진 귀부인은 탁대 말에 대꾸하지 않고 계속 앞으로 걸었다.

"혹시 기억나요? 지난번 하고 오늘하고 공통점이 뭔지?"

탁대가 넌지시 귀부인의 아이큐에 힌트를 던졌다. 이 여자, 머리는 나쁘지 않은 걸까? 그 말에 반응하며 재빨리 고개를 돌린다.

"너만 만나면 재수 없다는 거."

'헐~!'

답이 아니었다.

"한 번 더 재수 없게 해드려요?"

탁대는 담담하게 귀부인을 바라보았다.

"뭐야? 말단 공무원 주제에 그런 재주라도 있다는……?"

삿대질을 하려던 귀부인은 사색이 되었다. 힘이 없어 비스듬히 머리와 몸을 기대고 손까지 짚은 가로수. 거기서 몸이 꿈쩍도 하지 않는 것이다.

"그거 왜 그런 줄 알아요?"

"네, 네가?"

"아니죠. 저기 저분이……."

탁대는 하늘을 가리켰다. 하느님이 내리는 천벌. 그런 뜻이었다.

"이, 이거 정말 왜 이래?"

귀부인은 용을 쓰지만 순간접착이 발현된 몸은 움직이지를 않았다.

"억지로 떼면 얼굴 망가질 걸요?"

"이… 이……."

"어쩔 거예요?"

"뭐, 뭐?"

"시청 홈페이지에 올린 민원 말이에요. 그거 괜한 모함이라는 거 하느님은 알거든요."

"……."

"삭제한다고 약속하면 하느님의 천벌이 용서될 거 같은데……."

탁대는 슬쩍 떡밥을 던졌다. 보아하니 혼이 빠질 만큼 놀란 귀부인. 이제 그만 자발적(?) 합의를 끌어낼 타이밍이었다.

"미친… 어디서 수작이야?"

"그럼 그러고 늙어 죽으시든지."

탁대는 접착 마법을 더 강화하고 돌아섰다. 몇 발이나 걸었을까? 귀부인이 울먹이는 소리가 들려왔다.

"취, 취소할게. 지운다고."

탁대는 못 들은 척 그냥 걸었다.

"취소한다고. 그러니까 119 구조대라도 좀 불러줘."

그제야 탁대가 고개를 돌렸다.

"제가 천벌에 대해서는 좀 아는데요 양심과 하늘에 대고 빌어 보세요. 그럼 떨어질 겁니다."

"장난하지 말고……."

"진짜라니까요."

탁대는 진심으로 말했다.

"그럼 저쪽 쳐다보고 있어."

탁대가 고개를 돌리자 귀부인이 뭐라고 중얼거렸다. 그래도 자존심은 남은 모양이었다.

"제가 잘못했어요. 용서해 주세요. 하느님, 부처님……."

그 말이 두 번 반복될 때 탁대는 슬쩍 마법을 풀었다.

"어머, 떨어졌어."

"하느님인지 부처님인지 참 용하시네."

탁대는 살짝 맥이 풀리는 몸을 지탱하며 넌지시 말했다. 이제 끝난 건가 하고 마음이 놓이는 순간, 부인의 어깨 뒤에서 시커먼 그림자가 튀어 나왔다.

푸르륵!

콧김을 뿜어내는 물체는 사람의 느낌이 아니었다.

'멧돼지?'

"옴마야……."

멧돼지를 본 부인은 그 자리에서 주저앉았다. 멧돼지는 제집 안방을 거닐 듯, 유유히 부인을 향해 다가왔다. 탁대는 얼른 그 앞을 막아섰다.

"저리 가!"

손을 휘저어 보지만 멧돼지가 말을 들을 리 없었다. 화염마법을 띄웠지만 약했다. 오늘 너무 많은 마법을 쓴 탓이었다.

푸르륵, 푸륵!

멧돼지는 콧김을 뿜으며 앞발로 바닥을 긁었다. 자세를 보니 곧 돌진할 태세였다.

"천천히… 침착하게 피하세요."

"엄마……."

귀부인은 제대로 움직이지 못했다. 맥주병이 물에 빠진 듯 속절없이 버둥거릴 뿐이었다.

"어서요!"

탁대는 두 팔을 벌려 부인을 보호하며 말했다.

쮀액!

순간 멧돼지가 내달렸다.

"박 여사님!"

다급한 마음에 돌아보았지만 다리가 풀린 부인은 아직도 움직이지 못했다. 급한 김에 화염 마법을 날렸다. 하지만 그건 그냥 후끈함에 불과했다. 하는 수 없이 겉옷을 집어 던졌다. 시야가 가려진 멧돼지는 미친 듯이 발악을 했다. 옷이 벗겨지는 데는 오래 걸리지 않았다. 탁대는 주먹만 한 돌을 집어 멧돼지의 등짝을 직격했다.

쮀액!

자극을 받은 멧돼지가 탁대를 노려보았다.

"어서 피하라니까요. 어서요!"

탁대는 멧돼지의 시선을 끌며 소리쳤다. 흥분한 멧돼지가 탁대를 향해 돌진하기 시작했다. 탁대는 죽을힘을 다해 부인의 반대편으로 뛰었다. 오래가지는 못했다. 맥이 빠진 탓에 발이 돌에 걸린 것이다.

'윽!'

몸을 일으키자 멧돼지의 뿔이 선명하게 보였다. 지글거리는 눈도 보였다.

'제기랄!'

맥이 탁 풀리는 순간, 퍼억 하는 소리가 허공을 울렸다. 뒤를 이어 급브레이크를 잡는 소리도 들렸다.

끼이익!

믿기지 않게도 멧돼지가, 하늘을 날고 있었다. 그리고… 잠시 후에 탁대 옆에 그대로 곤두박질쳤다. 놀란 탁대는 죽을힘을 다해 몸을 굴렸다. 몸은 차바퀴에 부딪치면서 멈췄다.

"괜찮아?"

차에서 내린 사람은 황 팀장이었다. 절체절명의 순간에 나타난 그가 차로 멧돼지를 들이박아 버린 것이다.

"저기 박 여사님부터……."

탁대는 아직도 다리가 풀려 어쩌지 못하는 귀부인을 가리켰다.

귀부인은 병원으로 실려 갔다. 용 팀장이 병원으로 달려왔다. 사무실은 발칵 뒤집혔다. 탁대와 황 팀장이 복귀했을 때 전 직원은 대기 상태였다. 심지어 혜자와 명하까지. 퇴근한 사람은 공익뿐이었다.

"어떻게 된 거야?"

은 과장이 쏘아보았다.

"설명드리게."

황 팀장은 그 말을 남기고 자기 자리에 앉았다.

"민원을 제기한 박 여사님을 만나 이야기는 나누는 사이에 멧돼지가 출현했습니다."

"그럼 119나 경찰을 불러야지!"

은 과장이 책상을 내려쳤다.

"그럴 시간이 없었습니다."

"없다니? 멧돼지가 하늘에서 떨어지기라도 했다는 거야?"

"그렇습니다."

"이 친구가 정말!"

"느닷없는 일이라 전화를 걸 시간이 없었습니다."

"그러니까 왜 그런데서 이야기를 하냐고!"

"과장님!"

"아무리 신규라도 그렇지 대화를 하려면 장소도 잘 선택해야지. 상류층 사모님을 길바닥에 세워 놓고 말하면 자네 요청을 들어 주겠어?"

"상황상 거기밖에 없었습니다."

"나 원!"

은 과장은 역정을 내며 자리에 앉았다. 부하의 안위는 상관도 없고 오직 자기만을 생각하는 복지부동 권위주의를 탁대는 또 한 번 절감했다.

"병원에서는 뭐라나?"

"엑스레이 결과 별 이상 없지만 많이 놀라서 안정이 필요하다고……."

"완전히 혹 떼러 갔다가 혹 붙이고 왔군. 이제 막장 단속에 더불어 무리한 사건 무마 시도로 사고를 유발한 책임까지 쓰게 생겼잖아?"

"과장님!"

듣고만 있던 황 팀장이 일어난 건 그때였다.

"뭔가?"

"조탁대는 목숨을 걸고 멧돼지를 막았습니다. 지금 말씀은 너무 하시지 않습니까?"

"내 말은 왜 그런 일을 자초하느냐 이 말일세. 하고 많은 장소를 놔두고."

"그렇다면 과장님께서 같이 나가서 현장지도를 좀 해주시지 그랬습니까?"

"뭐야?"

"제 말이 틀렸습니까?"

"그럼 과장인 내가 매사 직원들 똥구멍을 쫓아다니며 밑을 닦으란 말인가? 그러려고 과장된 줄 알아?"

"그럼 과장 자리는 뭘 하는 자리입니까?"

"……?"

황 팀장이 승부수를 던졌다. 정곡을 찔린 은 과장은 눈자위를 실룩거리더니 엉뚱한 말을 내뱉었다.

"용 팀장은 자리 비우고 어디 간 거야?"

"민원인이 있는 병원에 있다고 오자마자 말씀드렸습니다만."

황 팀장은 눈도 깜빡하지 않고 대답했다.

"병원?"

"그 친구 주특기 아닙니까? 사건 터진 후에 설레발!"

황 팀장은 짧게, 그러나 매사 정곡만을 찔러댔다. 지켜보던 윤아와 혜자가 쿡 하고 몰래 웃는 모습이 탁대 눈에 들어왔다. 하마터면 탁대도 웃을 뻔했다.

"조탁대, 복명서 쓰고 퇴근해. 하루 종일 고생했을 텐데."

아까부터 과장 앞에 서 있는 탁대를 향해 황 팀장이 지시를 내렸다. 탁대가 돌아보자 다시 못을 박는 황 팀장.

"자네는 할 만큼 했어. 나머지는 밥값도 못하는 우리 간부들 탓이고……."

"지금 그거 나 들으라고 하는 말인가?"

"과장님이 아니고 저 스스로 반성하는 소리입니다."

황 팀장이 잘라 말했다.

용 팀장이 들어선 건 그때였다.

"과장님!"

용 팀장은 만면에 미소를 띠며 은 과장에게 달려갔다.

"당신, 지금 웃고 다닐 때야?"

핏대가 잔뜩 올라있던 은 과장이 짜증을 토했다.

"그게 아니고 민원인이 홈페이지에 올린 글을 삭제해 줄 눈치입니다."

"……?"

그 한마디에 사무실의 모든 시선이 용 팀장에게 집중되었다.

"처음에는 방방 뛰더니 제가 정성껏 위로하니까 수긍하더군요. 생각 같아서는 교통과를 확 뒤집고 싶지만 앞길이 구만리같은 신규 공무원이 멋모르고 저지른 데다 제가 워낙 성의 있게 나오니 고려해 보겠답니다."

'헐~!'

구라 10단이 따로 없었다. 이미 탁대가 정리한 줄은 모르고 오버하는 용 팀장.

그 말을 듣던 황 팀장이 용 팀장을 노려보았다. 양심에 찔렸

천벌 작렬! 117

던 지 용 팀장은 기어 들어가는 목소리로 뒷말을 이었다.

"멧돼지를 막아줘서 고맙다고 하면서… 험험!"

"수고했어."

은 과장은 그 말을 남기고 일어섰다. 과장이 찬바람을 일으키며 퇴근하자 사무실의 분위기는 시베리아 벌판에서 벗어났다.

"아유, 역시 용 팀장님밖에 없다니까."

침묵하던 소 팀장이 공치사를 하고 나섰다. 기가 산 용 팀장은 되지도 않는 무용담을 늘어놓기 시작했다.

"탁대 오빠, 잘됐네요."

탁대에게 다가온 혜자와 명하가 속삭이듯 말했다.

"고마워."

"다친 데는 없어요?"

"여기 내상 입은 거 말고는……."

탁대는 가슴을 가리키며 웃었다. 다시 생각해도 아찔한 일이지만 어쨌든 해결이 되었다.

"조탁대 씨, 진짜……."

가방을 챙기던 윤아가 고개를 저었다.

"뭐가요?"

"상상불가에 예측불허에… 어휴!"

"한마디로 말썽꾼이다 이거로군요?"

"그렇게 말하고 싶지 않지만 결론만 보면 그 단어가 딱 이잖아요."

윤아가 울상을 지었다. 그 표정에는 안타까움과 염려가 촉촉이 묻어 있었다.

길고도 긴박했던 하루를 마치고 현관을 나왔다.

"다들 먼저 가세요."

현관 앞에서 탁대가 윤아와 혜자, 명하를 돌아보며 말했다.

"퇴근 안 하고요?"

윤아가 물었다.

"황 팀장님에게 인사드리고 가려고요. 아까는 급해서 못 했고, 사무실에서는 분위기 때문에⋯⋯."

"그러세요."

윤아는 혜자와 명하를 데리고 주차장으로 향했다. 황 팀장은 한참 후에 내려왔다.

"누구 기다려?"

"네."

"일찍 가서 쉬게."

"실은 황 팀장님 기다리고 있는 건데요."

"나?"

탁대를 지나가던 황 팀장이 우묵하게 돌아보았다.

"인사도 제대로 못 한 거 같아서요."

"인사는 무슨⋯⋯."

"저 때문에 차도 망가졌고⋯⋯."

"자네 다치는 것보다야 낫지."

"그 말씀, 감동이네요."

"내가 알려준 대로 한 건가?"

"죄송하지만 제 방식대로 했습니다."

"자네 방식?"

"그냥 생존권 차원에서··· 아무튼 고맙습니다."

탁대는 진심을 담아 인사를 올렸다. 그런 다음, 씩씩하게 마당으로 내려섰다. 몇 발을 걸었을까? 뒤쪽에서 황 팀장의 목소리가 들렸다.

"술은 좀 하나?"

"그, 그럼요."

탁대는 걸음을 멈추고 대답했다.

"따라와."

이번에는 황 팀장이 탁대를 앞서 걷기 시작했다.

황 팀장이 멈춘 곳은 청사 건너편 골목의 허름한 파전집이었다.

"또 누가 우리 황룡 코털을 건드렸나?"

주인으로 보이는 할머니가 다가오더니 낡은 양은 잔 두 개를 내려놓았다.

"둘 아니고 셋입니다."

황 팀장이 돌아보며 말했다.

"백룡이야 청룡이야?"

"청봉이 놈은 요즘 눈코 뜰 사이 없고요 백이 올 겁니다."

"전은 녹두?"

"좋은 거 있나요?"

"어제 들어온 건데, 강원도 산이라 맛은 괜찮아."

"그럼 그걸로 사람 숫자 맞춰 주세요."

"막걸리는 갖다 먹어."

할머니는 그 말을 남기고 전을 부치기 시작했다. 이야기를 나누는 폼으로 보아 오랜 단골인 모양이었다.

"제가 가져오겠습니다."

황 팀장이 엉덩이를 들썩이자 탁대가 먼저 일어섰다.

"날짜 보고 오늘 들어온 걸로 가져와. 며칠 된 건 떽떽해서 말이지."

'오늘 들어온 거?'

탁대는 잠시 주춤했다. 막걸리는 잘 마셔 보지 않았다. 어쩌다 친구들과 마시게 되어도 주로 아담한 항아리에 담긴 동동주였던 것이다. 제조일자는 숨은그림찾기와 같았다. 병뚜껑을 보고 엉덩이를 까 봐도 보이지 않았다. 포장지를 뒤져도 마찬가지였다. 그러다 겨우 하단부에서 날짜를 찾아냈다.

그래도 본 건 있어서 아래위로 흔들었다. 사단은 거기서 일어났다. 뚜껑을 따는 순간 막걸리가 콸콸 넘친 것이다.

"막걸리 처음이군?"

"그건 아닙니다만 많이 따보지 않아서……."

황송했다. 하늘같은 고참이자 간부 앞에서 이런 실수라니…….

"막걸리는 말이지 살짝 숨구멍을 넣어 줘야 안 넘쳐. 이렇게……."

황 팀장은 숟가락으로 막걸리 뚜껑을 몇 번 팼다. 그때 뒤편에서 막걸리만큼이나 걸쭉한 중년 남자의 목소리가 들려왔다.

"겨우 전수한다는 게 막걸리 따는 노하우냐?"

황 팀장 또래의 수더분한 옷차림의 남자. 탁대는 벌떡 일어나 인사부터 했다.

"태클 받을 기분 아니니까 앉기나 해라."

황 팀장은 막걸리 병을 들어 빈 잔에 따랐다.

"오호, 그 유명한 조탁대?"

남자가 탁대를 바라보았다.

"인사해라. 여긴 장광백 팀장. 봉황시에서 제일가는 똥차이자 영원히 버림받은 인간이다"

장광백!

그가 바로 백룡, 봉황시 행정의 달인 3인방의 하나였다.

"처음 뵙겠습니다."

"뭐가 처음이야? 오가다 본 게 몇 번인데?"

장 팀장이 퉁명스럽게 대꾸했다.

"신삥이한테 웬 심통이야? 너도 오늘 깨졌냐?"

황 팀장이 잔을 들며 물었다.

"안 깨지고 넘어가면 이상한 날이지."

"말마라. 나는 오늘 아주 못 올 곳으로 전출 갈 뻔했다."

"도청으로 날린다는 말 없던데?"

"도청이 아니라 멧돼지하고 키스를 했거든."

"돈 안 내고 자연산 삼겹살 먹으려고?"

"내가 고기에 환장을 했냐?"

"저 친구 일은?"

장 팀장이 탁대를 바라보았다.

"뭐 대충……."

"은광비가 혈압깨나 오른 것 같던데?"

"너네 사무실까지 가서 설쳤냐?"

"우리 과장이랑 짝짜꿍이잖아."

"하여간······."

황 팀장은 탁대가 따른 막걸리를 단숨에 들이켰다. 탁대는 다시 잔을 채워 주었다.

"자네 말이야, 내가 충고하는데 승진 잘하려면 이 인간 가까이 하지 말라고."

장 팀장이 녹두전을 집어 들며 말했다.

"그러는 너는?"

"이 싸가지 좀 봐라. 형님한테 꼬박꼬박 너라고 하네?"

"어허, 나이는 한 살 차이지만 개월 수로 따지면 석 달도 안 되거든."

"오뉴월 하루 땡볕이 얼만지 몰라서 그래?"

"그 좋던 시절 다 갔다."

황 팀장이 잔을 내려놓았다. 입을 닫고 사는 사무실과는 분위기가 달랐다. 사람은 역시 궁합이 있는 모양이었다.

"그나저나 자네, 검찰 수색영장 집행하는 차에 딱지를 끊었다고?"

장 팀장이 탁대를 바라보았다.

"그게······."

"오늘 화제가 된 민원도 제 방식으로 처리했단다."

"자기 방식?"

"그냥 사정만 해서는 안 될 거 같아서 실력 행사 좀 했습니다."

탁대는 머쓱한 듯 목덜미를 긁으며 대답했다.

"잘했어. 한 잔 받아!"

장 팀장은 시원하게 말하며 막걸리 병을 집어 들었다. 하지만 병은 이미 동이 나 있었다.

"누님, 여기 한 병 추가요."

"제가 가져오겠습니다."

장 팀장이 막걸리 병을 흔드는 사이에 탁대가 일어섰다.

'날짜를 확인하고 잘 흔들고 공기를⋯⋯.'

탁대는 짧은 몇 걸음 동안에도 막걸리 따는 법을 되새겼다.

탁탁탁!

병을 흔든 다음에 숟가락으로 뚜껑을 쳤다. 그런 후에 뚜껑을 여니 신기하게도 넘치지 않았다.

"이 친구 막걸리 마실 줄 아네?"

장 팀장은 잔이 넘치도록 술을 따라 주었다.

"진짜 물정 모르네. 요즘 젊은 애들은 잔 안 채워요."

보고 있던 황 팀장이 핀잔을 주었다.

"미안하지만 난 요즘 젊은이가 아니거든."

"꼴에 폼생폼사는⋯⋯."

"마시라고. 위대한 봉황시를 위하여!"

장 팀장이 잔을 들었다. 탁대는 두 손으로 공손히 잔을 받치고 장 팀장의 잔 아랫부분에 갖다 댔다.

"검찰 딱지에 의원 과태료, 거기다 전자민원 고발까지 좌충우돌 해치웠다? 자네도 통뼈족인가 보군?"

원샷을 한 장 팀장이 의자에 등을 기대며 물었다.

"그냥 찌질한 신규 9급에 불과합니다."

탁대는 겸손하게 대답했다.

"그래. 처음에는 그렇게 막 부딪치며 배우는 거다."

"왜 부추기고 난리야? 사고 커지면 네가 수습해 줄래?"

"수습을 왜 내가 하냐? 거기 능력 있는 용석봉이 있는데."

"그렇게 능력 있으면 너네 과로 좀 데려가라. 잔머리 굴러가는 소리에 귀가 아플 지경이다."

두 사람은 죽이 척척 맞았다. 높은 목소리지만 싸우는 것도 아니었고, 까칠하게 닦아세우지만 깊은 애정이 엿보였다.

"받아. 오늘 고생 많았다. 신규라고 왔는데 회식도 해주기 전에 이 난리통이니……."

이번에는 황 팀장이 술병을 들었다.

"앞으로 부려먹으려면 거하게 좀 해줘라. 용석봉이 똥구멍 긁으면 공짜로 회식시켜 줄 물주도 나올 테고."

"어허, 신규 듣는 데서……."

"뭐 못할 말했냐? 어차피 뒷구멍으로 호박씨 까는 놈들은 이 시대에도 널렸어."

"그러는 너는 안 까냐?"

"야, 내가 그런 재주만 있어봐라. 벌써 사무관, 서기관 달아서 너 볶아 세우고 있지."

"사무관, 서기관 돼서 한다는 일이 기껏 나 들볶는 거냐?"

"그건 날 샌 거 같으니까 신규나 잘 챙겨라. 첫 출발이 좋아야 사무관 한 번 노려보지."

장 팀장은 황 팀장의 어깨를 두드렸다. 순간, 탁대는 자신도 모르게 대꾸를 하고 말았다.

"저는 서기관이 될 겁니다."

"서기관?"

장 팀장과 황 팀장이 동시에 탁대를 바라보았다.

"네, 그러니 잘 키워 주십시오!"

탁대는 붙임성 있게 넙죽 인사를 올렸다.

"아하핫, 이 친구 진짜 물건이네."

표정이 정지되어 있던 장 팀장이 배를 잡고 웃었다. 그래도 기분 잡치지는 않았다. 그건 비웃음이 아니었다.

"좋아. 젊은 놈이 6급 주사를 목표로 뛴다면 그것만큼 슬픈 일도 없지. 자, 그런 의미에서 건배!"

세 잔이 허공에서 부딪쳤다. 한 병을 더 마시고 셋은 자리에서 일어났다.

밖으로 나온 탁대는 다시 한 번 황 팀장에게 고마움을 전했다.

툭툭!

황 팀장은 말없이 탁대 어깨를 두 번 두드려 주고 장 팀장과 함께 택시에 올랐다.

'두 분… 다른 공무원들 하고는 느낌이 다르다.'

취기가 살짝 올랐지만 느낌만은 생생했다. 그러고 보니 남은 한 사람이 궁금해졌다. 황룡과 백룡에 이어 청룡으로 불리는 봉황시 행정의 달인 3인방.

'그런데 다들 비슷한 나이인가 본데, 왜 승진을 못 하셨지?'

궁금증은 꼬리에 꼬리를 물었다.

밤 10시 50분.

마치 일 년 같은 탁대의 하루가 서서히 저물고 있었다.

집으로 돌아온 탁대는 샤워를 하고 핸드폰을 확인했다. 밴드에는 각종 위로가 올라와 있었다.

―탁대 씨, 힘내요!

요런 건 주로 여자 동기들이 남긴 말이고,

―잘 해결되길 바랍니다.

요런 건 남자 동기들의 말이었다.

소문은 빨랐다. 그들은 어느새 검찰 딱지부터 멧돼지 건까지 죄다 꿰고 있는 모양이었다.

주목할 만한 건 두 사람의 반응이었다.

이팔호!

이놈은 아직 멘트가 없었다. 하긴 그게 더 반가웠다. 인기 관리한답시고 마음에도 없는 말이나 남겨 놓으면 그 가증스러움을 어찌할꼬?

채은돌.

궁금한 건 왕형님, 은돌이었다. 은돌은 아직 이렇다 한 말이나 문자를 남긴 적이 없다. 동사무소 업무가 힘든가 생각하니 이해도 되었다. 은돌은 신규지만 정년퇴직을 앞둔 나이에 육박하는 처지다. 그러니 그의 적응은 탁대보다 더 괴로울 수도 있었다.

탁대는 꿈속에서 로르바흐를 만났다.

"들어가시게!"

로르바흐는 오늘도 슈리아와 함께 서서 말했다. 그가 말한 곳에 오색의 물안개와 함께 샘이 아른거렸다.

"찜질방이라도 차리셨나요?"

탁대가 묻자,

"활력의 샘물이네."

하고 담담하게 대답하는 로르바흐.

"활력의 샘물요?"

"꿈이지만 푹 담갔다가 나오면 개운할 걸세."

"새로 개발하신 겁니까?"

"아마!"

"에이, 기왕이면 마인드컨트롤 같은 거나 좀 개발하시지."

"그거야 클래스 3에 해당하는 초급 마법이라네."

"하실 수 있다는 거네요?"

"그대의 꿈에서 나갈 수만 있다면 숨 쉬는 것보다도 쉬운 일이지."

"제가 또 아픈 곳을 찔렀군요."

탁대가 샘물을 밟자 몸은 바로 나체가 되었다. 슈리아가 의식되었지만 그녀는 보이지도 않았다.

"어떤가?"

로르바흐가 빛처럼 살랑거리며 물었다.

"공무원 생활요?"

"그대의 세상은 참 오묘하더군. 옳지만 옳지 않고, 좋은 것이 넘치나 실속은 없고……."

"사회가 너무 복잡해졌거든요."

"그 복잡함을 잠시 잊으시게나."

로르바흐의 손에서 푸른 연기가 새어 나왔다. 연기는 탁대에게 날아와 몸을 휘감고 녹아들었다. 머리가 맑아지는 것 같은 느낌이 들었다.

디로동동동 디로동!

탁대의 단꿈은 전화벨 때문에 깼겠다. 새벽에 전화가 온 것이다.

"감사합… 여보세요!"

잠결에 또 헛발질을 하고 말았다. 하마터면 관등성명을 댈 뻔한 것이다. 공무원 생활을 얼마나 했다고… 쓸쓸한 마음에 귀를 기울이니 박 주임이었다.

— 조탁대 씨, 아직 집이야?

"그런데요?"

— 내가 말 안 했어? 탁대 씨 오늘 환경미화 나가야 한다고.

"그게 뭔데요?"

— 빨리 행복천으로 나가. 한 달에 한 번씩 대청소가 있는데 이번 차례로 탁대 씨 올렸거든.

"몇 시까지 어디로요?"

— 6시 반까지 가야 해. 행복교 위에 가면 하늘동 네거리 있지? 거기로 가면 다른 과 직원들하고 이장님들 나와 있을 거야.

'6시 반?'

오 마이 갓. 탁대 눈에 보인 시간은 6시 10분이었다.

"다녀오겠습니다!"

탁대는 고양이 세수를 하고 미친 듯이 뛰었다.

"얘, 밥은 먹고 가야지."

마더가 현관에서 소리쳤다.

"비상이에요! 알아서 먹을게요."

허둥지둥 택시를 잡아타고 목적지에 내렸다. 그런데, 재수 없는 인간의 얼굴이 먼저 보였다.

이팔호!

그 인간이 점검표를 들고 버티고 서 있었다.

"조탁대 씨!"

팔호는 목에 힘을 주며 다가왔다. 시계를 보니 6시 35분이었다.

"5분 지각인 거 아시죠?"

"지각 확인하고 사인하라고?"

"민원 건은 어떻게 됐어요?"

"네가 알아서 뭐하게?"

"미안하지만 그 일도 감사 사안이거든요."

"원하면 같이 사인해 주마."

탁대가 펜을 뽑아 들었다.

"됐어요. 5분이니까 그냥 넘어갈게요. 다음부터는 시간 지키세요."

'엥?'

해가 서쪽에서 뜰 일이었다. 만만한 동기부터 족치던 인간이 웬 일로?

'혹시 나한테 몇 번 당하고 뭔가 눈치를 챈 건가?'

싶었지만 팔호의 속셈은 금세 밝혀졌다. 실세 팀장으로 불리는 세 사람이 탁대 뒤에 오고 있었던 것이다. 말하자면 그들을 잡을 수 없다 보니 탁대는 덤으로 봐준 꼴이었다.

'네가 그러면 그렇지.'

더러워진 기분을 싹싹 쓸어냈다. 하천변 청소는 시장의 특별 지시란다. 그것도 매월 월례행사란다. 과별 차출자와 이장, 통장, 유관 단체가 합동으로 실시한다.

청소가 끝나면 사진을 찍는다. 알고 보니 공무원들은 사진 찍는 걸 무지하게 좋아한다. 뻑 하면 사진부터 찍는다.

이유가 있다. 공무원은 서류 지상주의. 뭔가 사업을 하거나 실적을 올리면 증거를 첨부해야 하다 보니 사진은 선택이 아닌 필수였다.

하천 산책로를 쓸고 하천변에 걸린 쓰레기를 치우자 기분이 상쾌해졌다. 그래도 오래가지는 않았다. 감시자로 나와 실세 팀장들과 노닥거리는 팔호 때문이었다. 저 인간, 붙임성 하나는 천재적이다.

아무튼 세상에는 두 가지 인간이 있다.

아침형 인간과 저녁형 인간?

NO, 몸으로 일하는 사람과 입으로 일하는 사람이다!

다행인 건, 청소는 주민을 위한 봉사지만 아침 식사는 제공된다는 사실. 탁대는 순댓국을 맛나게 먹었다. 팔호는 절반도 먹지 않고 남겼다.

'하긴 뺀질거리다 먹으니 입맛이 있겠냐?'

탁대는 그릇까지 집어 들고 국물을 마셨다.

"조탁대! 이리 와봐."

사무실에 들어서기 무섭게 은 과장이 탁대를 불렀다.

"예, 과장님!"

"민원 제기한 거 확인했나?"

은 과장은 오늘도 여전히 저기압이었다.

"환경미화 나갔다가 지금 들어오는 길이라서……."

"자넨 스마트폰도 없어?"

은 과장이 쏘아보았다. 예감이 좋지 않았다. 박 여사가 민원을 취소하지 않은 모양이었다.

"확인하겠습니다."

"당장 해결해. 안 되면 답변이라도 작성하고."

"예!"

"내가 이럴 줄 알았다니까. 머릿수만 많지 제대로 일하는 사람이 있어야지."

은 과장은 과 전체 직원을 싸잡아 빈정거렸다. 탁대는 용 팀장을 바라보았다. 일을 낙관적으로 보던 그도 밤새 민원이 삭제되지 않자 탁대를 외면해 버렸다.

'젠장! 끝까지 해보겠다 이거지?'

탁대는 전의를 불태웠다. 이렇게 되면 아주 끝장을 봐야 할 것 같았다.

탁대가 책상의 컴퓨터를 켤 때였다. 느닷없이 기자들 세 명이 들이닥쳤다.

"교통과 맞지요? 주정차담당 직원이 누구입니까?"

기자들의 등장에 사무실은 발칵 뒤집혔다. 특히 당황한 건 은 과장이었다.

"무슨 일로 오셨습니까?"

그나마 침착한 건 황 팀장이었다.

"제보를 받고 취재차 나왔습니다. 아, 저분이군요?"

기자들은 배치표를 보고 탁대를 찾아냈다. 그 사이에 은 과장이 용 팀장 등을 떠밀었다. 빨리 취재를 막으라는 의미였다.

"저어, 어떤 일로 오신 건지……."

일단 시치미를 떼고 접근하는 용 팀장.

"박복자 씨 아시죠? 그분 제보로 나왔습니다."

기자들이 입을 모아 대답했다. 용 팀장의 인상은 바로 굳어버렸다. 은 과장도 맥이 풀렸다. 꼬리를 내렸던 박복자가 결국 남편의 신문사에 입김을 넣은 모양이었다.

"무슨 일인지 모르지만 이쪽으로 오시죠."

다들 겁을 집어먹은 것과는 달리 황 팀장이 기자들을 테이블로 안내했다. 바로 그때, 또 한 명이 등장하면서 사무실은 숨소리마저 멈춰 버렸다.

박복자!

그녀였다.

"탁대 씨."

긴장한 탁대의 손을 윤아가 살짝 건드렸다.

"겁먹지 않아도 될 것 같은데요?"

그 뒤로 이어지는 속삼임이 중요했다. 그건 귀부인의 손에 들린 고급 음료수 박스 때문이었다. 눈치 빠른 용 팀장도 그걸 보고는 눈빛이 누그러졌다. 그리고 팔랑팔랑 꼬리를 치며 박 여사에게 다가섰다.

"아이고, 박 여사님!"

"안녕하세요."

"퇴원하셨습니까? 그리고 이런 걸 왜⋯⋯."

은근슬쩍 음료수를 받아 드는 용 팀장. 하지만 그녀는 용 팀장을 외면하고 탁대 앞으로 다가왔다.

"조탁대 씨!"

"네."

마치 석상처럼 버티고 서서 또렷하게 탁대의 이름을 발음하는 귀부인. 그녀의 속내를 모르는 탁대는 짧게 대답하고 시선을 맞추었다.

"받아요."

"⋯⋯."

"그리고 어제 고마웠어요."

"⋯⋯."

"지금 부시장님 뵙고 오는 길이에요. 홈페이지에 올린 민원도 내렸고요. 앞으로 우리 동네에서 불법 주차 단속에 앙앙거리는 인간들 있으면 나한테 말해요. 내가 다 뽀작을 내줄 테니까요."

"⋯⋯."

"거기 신문사에서 나온 분들이죠? 이분이 우리 시 주정차 담당 공무원이에요. 일도 잘하고 주민을 위해 목숨까지 거는 분이니 크게 좀 내주세요."

부인이 기자들을 돌아보며 소리쳤다. 여전히 찢어지는 목소리지만 감정은 배어 있지 않았다.

"탁대 씨, 얼른 받아요."

그때까지도 멍하니 서 있던 탁대. 윤아가 옆구리를 슬쩍 찔러왔다.

"그, 그래. 얼른 받으시게. 이 사람아!"

용 팀장이 재빨리 나서더니 부인의 음료수를 받아 탁대에게 건네주었다. 그때까지 숨을 죽이던 혜자가 먼저 박수를 쳤다. 명하도 쳤다. 황 팀장과 소 팀장까지 가세하자 사무실은 박수바다가 되었다. 박수를 치지 않은 사람은 단 한 사람, 은 과장이었다.

"과장님은 손목 아프십니까?"

지켜보던 황 팀장이 넌지시 염장을 질렀다. 그제야 은 과장은 두어 번 박수치는 시늉을 냈다.

5장
전화위복

"과장님, 이리 오십시오."

인터뷰가 시작되자 용 팀장이 은 과장을 끌어당겼다.

"우리 과 과장님이십니다. 조탁대 주무관이 소신껏 일할 수 있도록 뒤를 밀어주시는 분이죠."

용 팀장은 안색 하나 변하지 않고 줄줄 썰을 풀어 댔다. 어찌나 어이가 없던지 듣고 있던 황 팀장은 풋 하고 웃음을 터트리고 말았다. 윤아와 혜자, 명하도 마찬가지였다.

"자자, 탁대 씨, 이리로……."

용 팀장은 탁대를 당겨 은 과장 옆에 세웠다.

찰칵찰칵!

기자들이 사진을 찍어댔다. 물론, 조탁대와 은 과장 둘이 나란히 선 사진이었다.

"크게 좀 실어줘요. 아, 이거 아무나 하는 일 아니라고요."

박 여사가 기자들을 부추겼다.

찰칵찰칵!

이번에는 탁대와 박 여사, 그리고 은 과장이 한 장면에 박혔다. 은 과장이 긴 건 또 용 팀장의 수작이었다. 사진을 찍어대는 기자들 너머로 팔호가 보였다.

'자식, 또 복무점검을 핑계로 염탐질하러 온 모양이다만……'

팔호의 인상이 찡그려지는 게 보였다. 탁대는 얼른 용 팀장을 바라보았다. 어쩌면 이렇게 표정이 닮아 보일까? 한 인간은 찡그리고 또 한 인간은 웃고 있지만 거기서 풍기는 이미지는 비슷하기만 했다.

"조탁대 씨, 저녁에 시간 어때요? 내가 한턱내고 싶은데……"

기자들이 물러가자 박 여사가 말했다.

"아닙니다. 괜찮습니다."

탁대는 당연히 거절을 했다. 공무원은 향응 금지다. 더구나 이렇게 천국과 지옥을 오가는 롤러코스터를 탄 마당에 밥이 입에 들어올까 싶었다.

"아유, 안 돼요. 나도 양심이 있지. 내 말 안 들어주면 다시 민원 올릴 거예요."

박 여사는 실눈을 뜨며 에둘러 말했다.

"사람, 여사님 체면이 있지 그러겠다고 해."

용 팀장이 또 나섰다.

"마음은 고맙지만 밀린 일이 많아서요. 성의는 아까 사 오신 음료수만으로도 충분합니다."

"그럼 다음 주 어때요?"

"다음 주는……."

탁대가 주저하자 박 여사는 은 과장에게 못을 박아버렸다.

"다음 주에 조탁대 씨 좀 보내주세요. 정 바쁘면 점심시간이라도 괜찮아요. 약속하시는 거죠?"

"그렇게 하죠."

갈 사람은 탁대인데 허락은 은 과장이 해버렸다. 내키지는 않았지만 어쩔 수 없는 일이었다.

"오늘은 별일 없네?"

말을 마친 박복자가 탁대를 바라보았다. 자기에게 내리던 천벌이 떠오른 모양이었다.

"좋은 일 하시는데 별일이 있으면 되겠어요? 그럼 하느님도 아니지……."

탁대는 웃으며 대답했다.

"박 주임! 오늘 저녁에 회식 잡아!"

박 여사가 나가기 무섭게 은 과장이 박 주임에게 명령을 내렸다.

"오늘은 좀 바쁜 날인데요? 시정개혁단하고 의회에 올릴 사업 보고서도 마감해야 하고……."

"아, 언제는 안 바빴어? 그냥 시키는 대로 해."

은 과장이 목청을 높이자 박 주임은 어깨를 으쓱하며 지시를 받았다.

탁대는 자리로 돌아왔다. 일단 전자민원부터 확인했다. 새로 올라온 주민의 의견이 있었다. 주차 단속에 대한 제안이었는데 말이 제안이지 단속요청이었다.

"탁대 씨……."

분위기를 살피던 윤아가 낮은 소리로 탁대를 불렀다.

"왜요?"

윤아는 말 대신 엄지를 쫙 세워 주었다. 잘했다는 표시였다. 단속 나갈 준비를 하던 혜자와 명하도 엄지를 세웠다. 탁대 또한 답례로 엄지를 세워 보였다.

국장실에서 전화가 온 건 그때였다.

"네, 국장님!"

탁대는 벌떡 일어나서 전화를 받았다. 그 목소리가 어찌나 경직됐는지 옆에 있던 윤아가 쿡 하고 웃을 정도였다.

"알겠습니다. 지금 가겠습니다."

"국장님?"

탁대가 통화를 끝내자 용 팀장이 뒤에서 물었다.

"예."

"왜? 기자들 취재 건인가?"

"잘 모르겠습니다."

"과장님, 국장님이 탁대 씨 부르는 모양인데 같이 가보시죠."

용 팀잠이 은 과장을 향해 소리쳤다. 그러자 황 팀장이 넌지시 한마디를 던졌다.

"탁대 오라는데 과장님이 왜 가나?"

"에이, 뻔한 거 아닙니까? 기자들 취재 내용 물으시려는 모양인데 당연히 과장님이 가셔야죠."

"조탁대, 얼른 다녀와."

황 팀장은 용 팀장의 말을 싹뚝 잘라 버렸다. 탁대는 터져 나오는 웃음을 참고 복도로 나왔다. 그러자 때마침 환경과에서 나오는 팔호가 보였다.

"어이구, 무쟈게 열심이네."

탁대는 팔호가 들으란 듯이 한마디를 던졌다.

"……."

팔호는 대꾸를 안 했다. 기자들 건이 염장을 지르는 모양이었다.

"혹시 나한테 할 말 없냐?"

"무슨… 할 말요?"

"그럼 아까 왜 온 거야? 나한테 태클 걸려고 온 거 아니었나?"

"그냥 지나가다 들린 겁니다. 거기가 소란하기에……."

"고맙다. 늘 신경 써줘서."

탁대는 느긋하게 팔호의 등을 톡톡 두드려 주고 앞서 걸었다. 그의 인상이 콱 구겨지는 걸 음미하면서.

똑똑!

잠시 후, 탁대는 시장실 앞에 있었다. 옆에는 백 국장이 함께 서 있었다. 국장실에 들린 탁대를 백 국장이 끌고 온 것이다. 안에서 대답이 들리기까지 짧은 시간 동안 탁대는 옷을 단정히 했다.

"들어와요."

시장의 목소리가 새어 나왔다. 그러자 비서실장이 문을 열어 주었다.

"조탁대 씨?"

책상에서 시정을 검토하던 김성곽 시장이 고개를 들었다. 탁대는 정중한 인사부터 올렸다.

"자, 여기로 앉읍시다. 유 비서, 여기 차 좀 줘요."

소파로 자리를 옮긴 시장이 문을 향해 소리쳤다.

"마시게."

차가 준비되자 시장은 탁대와 백 국장에게 차를 권하며 말을 이었다.

"우리 구면이지?"

"예."

탁대는 자세를 바로한 채 대답했다. 9급 신규 말단 공무원과 봉황시의 수장인 시장의 만남. 그것은 두 번째였지만 임용된 후로는 처음이었다.

동시에 신규 임용 공무원을 시장이 부른 것도 처음이었다. 탁대는 바짝 긴장할 수밖에 없었다.

"검찰 영장집행 차량에 딱지를 뗐다고?"

"……."

"게다가 강봉개 의원 차도?"

"……."

"이번에는 아파트 부녀회장님과 맞짱을 뜨다가 극적인 반전을 이루었고?"

"이 친구, 진짜 대물입니다. 잘하면 황천수와 장광백을 뛰어

넘을 것도 같습니다."

백 국장이 탁대를 대신해 대답을 했다.

"너무 그 친구들을 닮는 것도 좋지는 않지."

"그래도 그 친구들이 일 하나는 똑 부러지게 하지 않습니까?"

"주민을 위해 똑 부러져야 하니까 그런 거 아닌가?"

시장이 다리를 꼬며 웃었다. 그 또한 탁대가 낄 대화가 아니라 탁대는 표정 관리만 하고 있었다.

"아무튼 어려운 일을 맡았군. 주정차 관리는 일도 많고 말도 많을 텐데……."

"황천수가 옆에 버티고 있으니 문제없을 겁니다."

"그렇긴 하겠군."

"실은……."

듣고 있던 탁대가 슬쩍 입을 열었다. 시장이 탁대를 부른 건 기자들 때문이었다. 파고들어 가면 부녀회장을 멧돼지로부터 구한 일에서 출발을 한다. 그런데 황 팀장은 자기가 차로 멧돼지를 박았다는 사실을 입에 내지 않았다. 오롯이 탁대의 공으로 돌린 것이다.

더구나 박 여사도 넋이 나가 있던 터라 그 장면은 못 본 모양이었다. 그러니 사무실은 몰라도 여기서는 진실을 밝히는 게 도리인 것 같았다.

"멧돼지를 퇴치한 건 황 팀장님입니다."

"황천수가?"

국장이 탁대를 돌아보았다.

"제가 멧돼지를 막고 있을 때 차로 들이박으셨거든요. 덕분에 차도 공업사에 수리 들어가 있고…….”

"그런데 왜 보고서에는 그런 말이 없었나?"

"황 팀장님이 빼라고 하셔서…….”

"하핫, 그 친구 진짜…….”

국장이 웃으며 말을 이었다.

"부하 직원들 감싸듯 상사들에게도 나긋나긋하면 좀 좋아?"

"뭐 누구든 장단점이 있는 것이지."

시장도 국장을 따라 웃었다.

"아무튼 이 친구 믿어보십시오. 쓸 만한 재목으로 자랄 것 같습니다.”

"자네…….”

시장이 탁대를 바라보며 말꼬리를 이었다.

"전에 내 앞에서 직을 걸고 딜을 한 적이 있었지?"

"그때는…….”

"그 배짱 마음에 들었었네. 앞으로도 그 기백으로 일해 주게."

"감사합니다.”

"그럼 계속 수고하게나.”

시장이 손을 내밀었다. 탁대는 공손히 그 손을 잡았다.

시장의 호출.

기분은 괜찮았다. 팔호가 알면 어떨까? 그 인간, 아마 미간이 달라붙을 정도로 죽상이 될 것이다.

'아자!'

국장을 두고 먼저 복도로 나온 탁대는 내심 쾌재를 불렀다.

"조탁대 씨."

그때 복도 끝에서 서성이고 있던 용 팀장이 탁대를 불렀다.

"나 좀 보자고."

용 팀장은 탁대를 구석으로 끌었다.

"왜 그러시죠?"

"뭐가 왜야 이 사람아? 시장님한테 무슨 얘기 들었어?"

"그냥 수고하라던데요?"

"기자들 때문에 부르신 거지?"

"아마 그런 것 같습니다."

"다른 말씀 없었어? 나나 과장님······."

"두 분이 버티고 있어서 교통과는 든든하다고 하시더군요."

"그, 그래?"

"그럼 저는 이만······."

용 팀장 입이 쫙 찢어지는 걸 보며 탁대는 계단을 내려갔다. 칭찬은 고래도 춤추게 한다더니 정말 그랬다. 립 서비스 한마디에 싱글벙글하는 용 팀장. 그걸 보니 탁대는 어쩐지 살짝 서글퍼지는 기분이었다.

과 회식!

탁대는 과장의 파워를 새삼 실감했다. 단 한 사람도 빠짐없이 참석했기 때문이다. 더구나 송 주임과 명하는 선약이 있었다. 하지만 그런 것도 이유가 되지 못했다.

탁대는 윤아 차를 얻어 타고 회식 장소로 달렸다. 혜자와 명하도 동행했다.

그러나!

결정적으로 자리를 잘못 잡았다. 윤아와 혜자가 구석에 자리를 잡고 손짓을 했지만 용 팀장이 탁대 손을 잡은 것이다.

"자네는 여기 앉게."

그 자리는… 자그마치 용 팀장과 은 과장 사이였다. 그 좌측으로 소 팀장이 앉고 수더분한 송 주임으로 이어졌다.

"다 왔으면 시작하지."

과장이 상석에 앉으며 박 주임에게 회식 개시 사인을 보냈다. 한마디로 괴로운 고문의 시작이었다.

고문 1=과장 옆이라 부담 백배 가중.
고문 2=허얼! 은 과장, 잔까지 돌린다.
고문 3=파편 또한 행성 폭발급이고.
고문 4=사사건건 과장에게 굽실거리는 용 팀장의 오바이트급 아부.
고문 5=2차에 이어 3차까지 버닝.

빠진 사람은 오직 하나, 황 팀장뿐이었다. 과의 단합과 '과장님도 계신데'를 연발하는 용 팀장 덕분에 다른 사람들은 튈 엄두도 내지 못했다.

그러다 마지막으로 노래방까지 섭렵하게 될 때 탁대는 진정한 과장의 파워를 보게 되었다. 다들 인상을 쓰면서도 과장 앞에서는 스마일로 변하는 게 아닌가? 그나마 처음부터 끝까지 신념을 지키는 건 윤아뿐이었다.

"곧 근무평정이거든요."

윤아의 한마디에 탁대는 상황을 이해하게 되었다. 하위직의 승진줄을 쥐고 있는 근무평정. 하다못해 땡땡이의 달인들도 시험기간에는 벼락치기로 버닝하는 법. 그런데 생사여탈권에 해당하는 성적 부여권을 쥐고 있으니 누가 감히 과의 '단합'이라는 명분을 박차고 갈 수 있을까?

여기서 잠깐 당구 표시 하나 체크하고 가자면!

공무원들은 일 년에 두 번 근무평정을 한다. 하위직 근무평정은 사무관인 과장 소관이다. 승진을 하려면 근무성적 '수'를 확보해야 한다. 그렇지 않으면 당해 연도 승진배수에 들기 어려운 게 현실이다.

근무평정은 수, 우, 양, 가로 나뉘며 그 비율은 2, 4, 3, 1할로 구분한다. 점수 대도 정해져 있지만 사무관마다 성향의 차이가 있다.

이해하기 쉽게 100점 만점으로 보자면!

예를 들어 부하 직원이 5명이 있다고 치자. 어떤 사무관은 '수'를 99점 주고 '우'는 88점, '양'은 79점을 준다. 하지만 또 어떤 사무관은 '수'에 99점, '우'에 97점, '양'에 96점을 주기도 한다. 다 우수하지만 제도에 따라 어쩔 수 없이 수, 우, 양, 가를 매긴다는 뉘앙스를 엿볼 수 있다.

이 경우의 장점은 비율 부족으로 평정이 곤란한 직급을 취합해서 재평가할 때 도움이 된다는 점이다. 예를 들어 취합해서 재평정하는 권한자가 평정서를 받아들었을 때 이점이 될 수 있다는 말이다.

이 성적은 딱히 승진에만 쓰이는 게 아니다. 요즘 기관에 따라 피가 튀는 성과급 선정에도 결정적인 역할을 하게 된다.

S등급 성과급을 받는 사람과 그렇지 않은 사람의 연봉은 확차이가 난다. 물론, 여기서 비하인드스토리를 하나 까발리자면!

성과급을 일단 지급하고 회수해서 n분의 1로 나누는 부서도 있다는 사실. 워낙 성과급 때문에 직장 분위기가 살벌해지자 만들어진 고육지책이다.

비하인드스토리를 하나 더 추가하자면!

어떤 과의 업무에서든 딱히 누가 우수하다고 만인의 인정을 받는 경우가 드물다는 것이다. 그러니 공무원들 입장에서는 부서장 마음대로 하는 것 아니냐 하는 불신 때문에 골머리를 앓게 된다.

근무평정도 마찬가지다.

공무원 사회에는 연공서열을 무시할 수 없다. 싹 사라져야 하지만 로비는 여전히 위세를 떨친다.

로비는 대개 읍소형이 많다.

애가 대학 들어가서 등록금 때문에도 승진해야 합니다. 한 번 밀어주세요.

동기들 중에 승진이 제일 늦습니다. 그러니…….

부모님이 암에 걸려서 치료비 부담 때문에 승진을…….

간단한 성의, 그러나 뇌물로 불리는 물건도 이때를 전후해 많이 오간다. 작게는 과일 한 상자부터 상사가 선호하는 기호품 선물이 대개 많다.

아, 웬 대학 등록금 타령이냐고?

공무원은 자녀 학비 지원이 중고교까지다. 대학 학비는 지원하지 않는다. 물론, 무이자로 빌려주기는 한다. 과거에 은행 이자가 높을 때는 이걸 빌려 이자를 만들어 드시는 공무원도 있었다. 하지만 은행 이자가 1, 2%대인 지금은 다 옛날 얘기다.

그렇다고 모든 공무원이 다 이런 식이냐? 그건 절대 아니올시다다. 평정에 목매지 않고 묵묵히 일하는 공무원도 많다. 그들 덕분에 나라가 돌아가는 것이다.

이런 변수가 많다 보니 일 잘하는 것과 고과 성적은 큰 관계가 없다. 그러니 근무평정 시기가 오면 부서장의 어깨에 힘이 들어간다. 이건 상위직도 다르지 않다.

부서장인 사무관 또한 그들보다 더 상위직들에게 근무평정을 받아야 하기 때문이다.

아무튼, 화기애매(?)한 분위기는 12시가 되어서야 끝났다. 이래저래 눈치만 보던 혜자와 명하는 엔딩 발언이 나오자 얼굴이 환하게 펴졌다. 회식이 아니라 질식될 판이었다.

"어이, 조탁대!"

술이 거나하게 오른 은 과장이 밖으로 나온 탁대에게 손을 까닥거렸다.

"예, 과장님!"

은 과장은 친한 척 탁대의 어깨에 팔을 걸쳤다. 그러더니 싸가지 밥 말아 드신 목소리를 토해냈다.

"잘해 봐, 인마. 내가 키워줄 테니까."

"……."

과장은 밥맛없는 위엄(?)을 남기고 용 팀장과 함께 떠나갔다. 다른 직원들도 뿔뿔이 귀갓길에 올랐다. 탁대는 혜자와 명하를 택시에 태워 보내고 윤아의 대리기사가 올 때까지 기다렸다.

"지루했지요?"

윤아가 물었다.

"그냥 견딜 만했습니다."

"은 과장님은 은근히 술을 좋아해서 일찍 가는 법이 없어요. 거기다 직원들을 꼭 끼고 있으려 하고……."

"그런 것 같더군요."

"다 그런 건 아니니까 선입견은 갖지 말아요. 매너 좋은 과장님들도 많거든요."

"네……."

'윤아 선배님은 매너가 좋지요.'

술기운 때문일까? 그 말이 목에서 간질거렸다. 그래도 그냥 삼켜 버렸다.

신규 조탁대 환영 회식.

과정은 좀 그랬지만 그 끝은 굉장히 만족스러웠다. 회식을 하는 사이에 들어온 문자 때문이었다.

―추카추카, 특진하는 거 아니에요?

―탁대 씨, 사인 받으러 갈베염. 추카용!

―정말 축하해요. 뉴스에 나온 유명 공무원님.

수애를 비롯한 동기들의 문자였다. 혹시라도 전화가 오면 눈치보일까 봐 무음으로 해둔 동안에 많이도 와 있었다. 궁금한 마음에 검색을 했다. 주요 포탈에 이미지와 뉴스가 보였다.

　　봉황시 공무원, 멧돼지로부터 주민 구해.

　핸드폰 안에 뜬 화면에서 탁대와 박 여사가 반짝반짝 빛나고
있었다.

　　　　　　*　　　　　　*　　　　　　*

　다음 날, 교통과 사무실은 떠들썩하게 아침을 맞았다. 탁대의
기사가 밤 9시 뉴스에 이어 아침 신문에도 올라온 것이다.
　"우하핫, 인물 좋다!"
　가장 신 난 건 용 팀장이었다. 그는 신문을 흔들며 출근하는
탁대를 맞이했다. 과장은 약간 떨떠름한 표정이었는데 그래도
최악은 아니었다. 일간지 몇 군데 중 하나가 '탁대+박 여사'가
아니라 '탁대+과장+박 여사' 사진을 실어주었기 때문이었다.
　"축하해요."
　"축하해!"
　윤아와, 혜자에 이어 박 주임과 송 주임 등도 축하를 해왔다.
채동치와 함께 들어선 황 팀장은 탁대의 어깨를 한 번 툭 쳐 주
는 것으로 축하를 대신했다. 말 한마디 하지 않지만 푸근한 정
이 느껴졌다.
　"과장님, 국장님 방에 가셔서 보고하셔야죠."
　용 팀장이 나설 때 과장 책상의 전화기가 울렸다.

"감사합니다. 교통과입니다."

절반쯤 전화응대법을 지키던 은 과장의 눈이 휘둥그레졌다.

"부, 부시장님!"

그 한마디에 용 팀장과 소 팀장은 기겁을 하고 주목했다. 하지만 탁대와 윤아, 혜자와 명하, 채동치는 웃음꽃을 피우느라 별로 신경 쓰지 않았다.

"야, 이완용!"

채동치가 구석 책상의 공익을 불렀다. 공익은 게슴츠레한 표정으로 고개를 들었다.

'존나 귀찮게 왜 부르셔?'

하는 표정이 역력하다.

"너는 짜식아 입도 없냐? 조 주사가 언론 탔으면 축하라도 해야지?"

"아, 예……."

완용은 머리를 주억거릴 뿐 딱히 더 대꾸하지 않았다.

"어휴, 저거 언제 인간이 되나. 너 그렇게 사회성이 없어서 어떻게 살래?"

"그냥 뒈. 저놈은 부부시장님이시잖아? 출근도 멋대로 퇴근도 멋대로……."

보다 못한 송 주임이 한마디 하지만 그래도 입도 벙긋하지 않는 완용. 그러고 보니 공익은 너무 편해 보였다. 다른 곳은 모르지만 완용이 하는 일이라야 자잘한 심부름이나 사무실 지키는 것뿐이었다. 더러 입력 작업이나 발송 업무를 맡기긴 했지만 그때마다 새어 나오는 단골 멘트는 탁대도 귀에 익을 정도였다.

"야, 여태 이거 했어?"

"너한테 맡긴 내가 미친놈이지."

그렇다. 참 신기하게도 작업능률 진도가 나가지 않았다. 쳐다 보면 속이 터져 죽을 지경이었다.

공익은 정말 제멋대로였다. 한 번은 탁대가 작심하고 지켜보았다. 봉투 한 장 붙이는 데 10분은 족히 걸렸다. 주소를 쓰는데도 10분… 그러니 안내문 한 장 발송에 드는 시간이 거의 반시간이었다. 우체국 가는 일도 그렇다. 일단 나가면 함흥차사다. 고작 20분이면 끝내고 올 일을 두어 시간씩이나 허비하는 것이다.

한 번은 PC방에서 잡혀오기도 했다. 그 변명도 걸작이었다.

"급하게 메일 확인할 게 있어서요."

참고로 공익의 스마트폰은 교통과 직원들 것보다 최신형이다. 그런데 현장에서 적발된 공익의 화면은 게임이었다.

"한 번 더 그러면 바로 고발이야!"

공익이 일탈할 때마다 핏대가 오르는 건 송 주임이었다. 그가 관리를 맡은 까닭이었다. 출근은 대충 시간에 맞춰 오지만 퇴근은 5시가 넘으면 슬쩍 사라지기 일쑤인 대한민국 최정예 공익요원 이완용. 그런 그였으니 탁대의 보도에 신경 쓰는 게 이상할 정도였다.

"조탁대, 나랑 부시장님 방으로 가자고."

통화를 마친 은 과장이 탁대를 향해 말했다.

"부시장님 호출입니까?"

용 팀장이 빠질 리 없다.

"그래. 방송도 보고 신문도 보신 모양이야."

"잘 다녀오십시오."

목소리는 크지만 용 팀장은 좀 아쉬운 표정이었다. 자기를 끼워 주지 않은 것이다.

부시장실에는 백 국장이 합석해 있었다. 탁대와 은 과장은 꾸벅 인사를 했다.

"어서 오게."

부시장은 탁대에게만 악수를 청했다. 은 과장은 뻘쭘해하다가 자리에 앉았다. 차가 준비되자 부시장이 말을 이어갔다.

"이 친구 재주도 좋군. 악감정을 가진 민원을 설득시킨 것도 대단한데 내 편으로 만들어서 방송까지 타다니?"

"제가 말씀드렸지 않습니까? 교육원 때부터 싹수가 있었다고… 그렇지, 은 과장?"

흐뭇한 미소를 머금은 백 국장이 은 과장에게 동의를 구했다.

"그, 그럼요. 아주 열정이 넘치는 친구입니다."

부시장과 국장 앞이라 그런지 은 과장은 기를 제대로 펴지 못했다. 사무실에서 소국의 왕처럼 군림하는 자세와는 완전 딴판이었다.

"아무튼 오랜만에 좋은 소식이었네. 우리가 다 이렇게 열심히 일하면 전국 최고의 지자체가 되는 것도 시간문제지."

"은 과장. 앞으로도 계속 이렇게만 하시게."

부시장에 이어 백 국장도 은 과장 기를 살려주었다. 칭찬 몇마디에 은 과장은 어깨는 점점 펴져 갔다.

"조탁대, 표창 하나 상신해 봐. 이런 직원 표창 안 하면 누굴

줄 거야?"

"표, 표창요?"

"그래. 표창……."

"그렇게 하겠습니다."

백 국장의 명을 받은 은 과장은 머리가 테이블에 닿도록 조아렸다.

부시장 방에 이어 시장실에도 불려갔다. 시장 김성곽도 뉴스에 고무된 표정이었다. 격려를 받고 나오니 어깨가 든든했다.

하지만 칭찬보다 좋은 건 박 여사 건이었다. 찰거머리처럼 달라붙던 민원이 해결된 것이다. 살아오면서 크고 작은 전화위복을 느꼈었지만 이번 일은 정말 인상적이었다.

복마전 조탁대.

그 우려는 한 방으로 해결되었다. 은 과장 역시 시장실을 나오면서 탁대의 손을 잡았다.

"수고했어. 자네 덕분에 내 체면이 확 사는구만."

은 과장이 웃었다. 그 미소에는 탁대에 대한 불신과 우려가 살짝 여과된 마음이 엿보였다.

"뽑아보게."

사무실로 돌아온 은 과장이 타로카드를 내밀었다. 탁대는 이번에도 맨 위의 것을 뽑았다.

〈데스〉

변한 건 없었다. 이번에도 죽음 카드가 뽑힌 것이다.

"하긴, 죽음은 새로움의 시작이기도 하지."

매번 같은 카드였지만 은 과장의 평가는 다르게 나왔다.

"어이, 박 주임!"

카드를 서랍에 넣은 은 과장이 명랑하게 소리쳤다.

"예, 과장님!"

은 과장은 손짓으로 박 주임을 불렀다. 그러더니 귀에 대고 은밀한 지시를 내린다. 탁대는 자리로 돌아왔다. 칭찬이 업무를 대신하는 건 아니기 때문이다.

'진심은 통한다더니……'

하마터면 뒤틀려 비화될 뻔했던 박 여사와의 주차 단속 시비. 그 사건의 파장은 엄청나게 퍼졌지만 신규 공무원 조탁대에게 는 보약의 역할을 하고 막을 내렸다.

불쑥!

탁대 너머를 넘어온 건 A4용지였다. 그걸 내민 사람은 최정 예 공익 이완용이었다.

"뭔데?"

탁대가 물었지만 완용은 윤아에게로 돌아선 지 오래였다. 볼 수록 어이가 없어지는 공익요원의 근무 자세.

'저런 인간은 훈련소에 데려가서 **뺑뺑이**를 제대로 굴려야 하 는데……'

세상 참 좋아졌다 생각하며 종이를 집어 들었다.

보수지급 명세서!

'응?'

다시 봐도 그건 월급 명세서였다. 마침내 탁대에게도 첫 월급 이 나온 것이다.

"이게 월급 용지네요?"

탁대가 윤아를 바라보며 물었다.

"좀 실망스러워요?"

"아닙니다. 그냥 신기해서……."

탁대는 명세서를 훑어보았다. 소속, 성명에 이어 직급 호봉은 '03'이라고 찍혀있다. 군대를 다녀온 덕분에 그나마 3호봉으로 시작한 것이다.

월급여는 크게 보수와 공제로 나뉘어 있었다.

본봉 1,357,200.

본봉은 백삼십오만 원을 살짝 넘었다. 3호봉이 이러니 수애처럼 1호봉을 받으면 1,227,600원으로 시작될 것이다. 여기에 직무수당이 몇 만 원, 시간외 근무수당이 30여 만 원, 급식비와 직급보조비, 대민활동비 등이 합쳐 약 30여 만 원이 붙어 있다.

보수합계 1,900,800원.

공제합계 238,000원.

차감하니 손에 쥐어지는 건 140만 원 정도였다. 이건 조탁대의 경우다. 군대를 다녀왔기 때문에 공무원 연금 기여금을 소급해서 공제하는 까닭이다. 그게 매월 135,610원에 해당하니 일반 3호봉이라면 154만 원 정도를 받게 된다.

"처음에는 기대보다 적을 거예요. 하지만 10년 정도 지나면 남들에게 말할 때 창피한 정도는 벗어나요."

이미 같은 경험을 한 윤아가 설명했다.

"괜찮습니다. 모르고 들어온 것도 아닌데요, 뭐."

탁대는 웃으며 대답했다. 9급 공무원 월급이 적은 건 만천하가 아는 사실이었다. 대신 공무원에게는 다른 자부심이 있다. 바로 안정성과 연금에 대한 기대감.

하지만 연금 문제는 탁대 같은 신규에게 그리 후하지 않았다. 공무원연금과 국민연금의 불균형내지는 공무원연금 고갈 문제가 불거지면서 연금지급 규정이 자꾸 박해지고 있기 때문이었다.

실제로 복도나 점심시간의 구내식당 등에서 그런 이야기를 하는 고참들이 어렵지 않게 보였다. 더러는 줄어들 연금 걱정에 퇴직을 당겨 신청하는 사람까지 나오는 판이었다.

공무원 봉급에 재미난 사실은 또 있었다.

바로 이 보수합계액이 한 통장으로 들어오는 지자체도 있고 몇 가지 수당을 따로 '다른' 통장에 입금하는 지자체도 있다는 사실.

이유인즉슨 이렇다. 기본급과 관련된 건 무조건 통장으로 넣어 주지만 관례상 연봉에 해당되지 않는 각종 수당과 보조비, 시간외 수당 등은 따로 관리하는 지자체가 많다.

예를 들어 총 지불급이 200만 원인데 기타 수당 등이 45만 원이라면 155만 원은 월급봉투로 들어가고 기타 수당은 공무원이 제출한 '다른' 통장으로 입금이 가능하다는 것이다.

이게 재미난 것은 바로 상당수 공무원들의 딴 주머니가 되기 때문이다. 왜냐하면 봉급과 별도로 나오는 것이기 때문에 '며느리'도 모를 수 있다. 월급 통장은 보란 듯이 집에 던져 주고 이 수당으로 사는 공무원, 생각보다 많다.

덕분에 오해도 생긴다. 바로 '뇌물' 내지는 '뒷돈'으로 오해

할 수도 있다는 것이다. 월급봉투를 집에 던져 주고도 용돈을 쓰고 다니니 속 모르는 입장에서는 뭐 좀 생기나 보지, 하고 넘겨짚을 수도 있다. 그럼에도 불구하고 월급봉투와 독립되어 나오는 이 수당들은 큰 메리트가 아닐 수 없다. 혹자는 평생 와이프나 남편 모르게 품위 유지를 하고 살기 때문이다.

하지만!

다 그런 것은 아니다.

지자체가 실시되면서, 혹은 기관마다 내부규정을 만들면서 상당수 기관들은 봉급통장에 합쳐서 지급하는 곳도 있다. 그러니 무조건 생사람 잡지 마시기를…….

또 한 가지 재미난 건 지자체에 따라 아직도 공무원들에게 국군장병 위문금을 뗀다는 사실! 이것 말고도 매년 반복되는 소액 준의무 공제(?)는 많기도 하다.

연말연시 불우이웃돕기부터 어디선가 사고가 크게 터지면 반드시 성금을 내야 하며, 재래시장상품권 의무할당구입부터 각종 지역 이벤트 입장권 의무 구입까지…….

탁대라고 예외일까? 절대 아니다? 그럼 대통령은 예외일까? 그건 청와대에 물어봐야겠다.

그래도 뿌듯했다.

그렇게 바라던 공무원 생활. 그걸 시작했고 어느새 첫 월급까지 받았다. 비록 얼마 되지 않지만 전국 수백만 공무원 수험생들에게는 이 또한 전설이 될 부러움이었다.

—탁대 오빠, 첫 월급 나왔는데 번개 안 해요?

수애를 비롯해서 몇 사람에게서 문자가 들어왔다. 그제야 24명의 동기 얼굴들이 스쳐 갔다. 숨 돌릴 시간도 없이 지나온 한 달. 까맣게 잊고 산 동기들이었다.

—내일 저녁 7시에 번개 있음. 불참자는 필히 통보바람.

탁대는 24명에게 단체문자를 띄우고 마더에게 전화를 했다.

—아유, 우리 공무원 아들이 웬 일이야?

마더는 반갑게 전화를 받았다.

"웬일은… 그냥 걸었지."

—오늘은 좀 한가해?

"그게 아니고……."

한턱낸다는 말은 생각보다 쑥스러웠다. 고기도 먹어본 놈이 잘 먹는다더니 안 하던 짓을 하려니 낯이 뜨거운 탁대.

—뭔데? 또 누가 민원 올렸어?

"나는 뭐 맨날 민원만 들어오나?"

—안 그래도 엄마 친구들이 전화 왔더라. 너 신문에서 봤다고 말이야.

"그래?"

—아유, 넌 딱 공무원 체질이다. 열심히 하니까 일이 술술 풀리잖아.

전후사정을 모르는 마더는 신 난 모양이다. 하긴 그럴 수밖에 없다. 회사에서 일어난 일은 되도록 마더에게 입도 벙긋하지 않은 탁대였다.

"실은… 오늘 첫 월급이 통장에 꽂혀서……."

탁대는 마더 말을 듣다가 겨우 틈새를 비집고 말문을 열었다.

—어머, 첫 월급? 벌써 한 달이야?

"그래서 내가 한턱 쏘려고… 저녁에 시간 돼?"

─되고말고. 우리 탁대가 쏜다는데 하늘이 무너져도 가야지.

"그럼 아빠 모시고 먹창 아시죠? 거기로 오세요."

─어머어머, 한우 먹게?

"말만 한우지 국내산에다 냉동 같던데, 그래도 먹을 만하잖아요."

─알았다, 얘. 이따 보자.

"네."

탁대는 흐뭇하게 전화를 끊었다.

"월급 턱이에요?"

옆에서 서류를 챙기던 윤아가 물었다.

"네? 예……."

"좋은 때네요."

"조 주임님은 안 그랬어요?"

"이젠 옛날 일이라서 생각도 안 나요. 벌써 늙었나……."

윤아가 머쓱하게 웃을 때 단속을 나갔던 혜자와 명하가 복귀를 했다.

"수고 많았어."

탁대는 둘을 위해 냉수를 한 잔씩 내밀었다.

"역시 탁대 오빠가 최고야."

혜자가 엄지를 세워 보였다.

"별문제 없었어?"

"행복로 99번길 인근 상가에서 민원 들어왔어요. 점심시간대 불법주정차 단속하라고."

"점심시간대는 편의상 봐주고 있다며?"

"그러니까 스트레스죠. 장사가 잘되는 사람은 단속하지 말라고 하고 안 되는 사람은 배가 아프니까 단속하라고 하고……."

명하가 한숨을 내쉬었다. 주민의 요구가 늘 통일되는 건 아니기 때문이었다.

"내가 내일 중으로 한 번 나가볼게."

"진짜요?"

"그러니까 민원인이 뭐라고 하면 담당자가 직접 나온다고 둘러대."

"고마워요."

명하는 금세 스마일이 되었다. 단속 베테랑인 그녀였지만 아직 어린 나이다 보니 똥고집 민원인을 대하는 건 늘 부담스러운 일이었다.

탁대는 민원지침을 펼쳤다.

민원 제기는 고마운 것이다.

첫 번째 글귀가 눈을 파고들었다. 민원지침에서는 민원을 긍정적으로 바라보라고 말한다. 민원인의 의견이나 주장은 담당 공무원의 입장에서는 귀찮은 일이지만 때로는 담당자들이 모르는 오류나 개선점을 파악하는 계기가 되기도 한다.

게다가 사회가 다원화되면서 각종 의견, 주장은 증가 추세에 있다. 그러니 어차피 겪을 일이라면 긍정적인 마인드를 가지고 대하자는 뜻이었다.

오후 다섯 시.

퇴근 시간을 앞두고 첫눈이 내리기 시작했다.

"어머, 눈이에요!"

제일 먼저 환호성을 지르건 명하였다. 그 다음으로 소 팀장이 탄성을 질렀다. 남자 직원 중에서는 용 팀장이 눈을 보며 소회에 잠겼다.

첫눈.

지상의 첫눈은 왠지 사람을 설레게 한다. 연인이 있는 사람은 연인으로 설레고 없는 사람은 그냥 설렌다. 사랑에 실패한 사람은 그 사랑을 떠올리며 결혼한 사람은 먼 과거를 끌어당긴다.

'초희……'

탁대의 머리에도 그녀가 나폴나폴 내려앉았다. 잘 있겠지. 탁대는 그냥 웃었다. 만나서 특별히 하는 일도 없으면서 첫눈을 기다리던 조탁대. 하지만 지금은 그 첫눈을 함께 맞아줄 여자가 없었다.

"애인 만나러 가겠네요."

창문을 힐금 보고 자리로 돌아온 윤아가 탁대 들으란 듯 말했다.

"아까 부모님이랑 약속하는 거 못 들었어요?"

"취소하고 틀면 되죠."

"그럴까요?"

탁대는 그 정도로 대화를 끝냈다. 좋은 선배지만 시시콜콜 초희 이야기를 하고 싶지는 않았다.

하지만 반가운 첫눈은 전혀 반갑지 않는 소식을 가지고 왔다. 퇴근 무렵 전화를 받아 든 박 주임이 짤막하게 비극을 전했다.

"폭설대비 전 직원 비상 대기랍니다!"

전 직원 비상 대기.

왜?

'교통과가 눈하고 무슨 상관이 있기에? 눈은 도로과에서 치우는 거잖아?'

여전히 짬밥 불충분으로 모르는 게 더 많은 탁대는 눈만 꿈벅거렸다.

＊　　　＊　　　＊

오후 일곱 시.

눈이 차량 지붕 위에 쌓여 갔다. 제설을 맡은 도로과는 분주하지만 다른 직원들은 딱히 할 일이 없었다. 탁대는 내일 제출할 보고서를 작성했다.

보고서는 많기도 했다. 공무원은 서류 집단이다. 뭐든 공문으로 남겨야 하는 까닭에 만들어야 할 문서도 장난이 아니었다.

더구나 거의 매일, 기획실 같은 곳에서 새로운 사업 보고 독촉이 내려오고 그것도 모자라 유관부서인 안행부나 건설교통부, 국무총리실, 감사원 등에서 지시가 떨어진다.

다들 저녁 식사를 할 때도 탁대는 그냥 사무실에 있었다. 마더와 동환 때문이었다. 지금이라도 귀가하라는 명령이 떨어지면 '먹창' 으로 달려갈 판이었다.

하지만 낌새가 없었다.

"대기는 언제까지 하는 거죠?"

식사를 마치고 돌아온 윤아에게 물었다.

"그거야 윗사람 마음대로죠."

"……."

"아, 참. 약속 있었지요?"

"그, 그건……."

"꼭 가야 하면 과장님에게 말하고 가세요. 그분이 눈감으면 될 일이니까."

"괜찮습니다."

탁대는 웃어넘겨 버렸다. 임용된 후에 처음으로 맞는 폭설 비상대기. 그런데 하늘같은 고참들이 자리를 지키는 판에 신규 주제에 보내달라는 게 내키지 않았던 것이다.

식사를 마친 직원들이 모두 돌아오자 사무실은 잡담 소리로 휩싸였다. 자기 업무 때문에 남은 게 아니라 강제로 대기하는 거다 보니 잡담으로 때우는 것이다.

슬쩍 마당을 보니 방호원들과 청원경찰들이 나와 눈을 치우고 있었다.

"저 저기 좀 다녀올게요."

탁대가 마당을 가리키며 윤아에게 말했다.

"눈 쓸게요?"

"놀면 뭐 하나요? 보고서도 다 만들었고……."

"거긴 아저씨들이 치울 텐데……."

"어차피 눈 치우라고 남은 거 아닌가요?"

탁대는 목장갑 하나를 끼고 사무실을 나왔다.

넉가래를 들고 눈을 밀었다. 청사의 넓은 마당은 군대 시절 연병장을 연상하게 했다. 그놈의 눈은 참 지긋지긋하기도 했다. 치워도 치워도 또 쌓이는 눈. 그때만큼 지겹지는 않았지만 이 눈도 만만하지는 않았다.

"쉬었다 합시다. 눈이 그치질 않네요."

방호장이 땀을 쓸며 말했다. 탁대는 하던 비질을 마치고 잠시 쉬었다.

"거기 교통과 조 주사님이죠?"

방호장이 다가왔다.

"주사는 아니고 주사보입니다."

8급이나 9급에게 듣기 좋으라고 붙여주는 호칭인 줄 알지만 탁대에게는 아직 익숙하지 않은 주사 호칭이었다.

"신문에 나온 거 봤습니다. 인물 훤하던데요?"

방호장은 50이 넘은 나이임에도 꼬박꼬박 말을 높여주었다.

"그게… 어쩌다 보니……"

"소문 짜하더라고요. 조 주사님에게 걸리면 대통령 차도 뼈도 못 추린다고……"

소문은 빠르다. 그런 게 벌써 기능직 아저씨들에게도 퍼져 있다니……

"들어가서 쉬세요. 여긴 우리가 한숨 돌린 후에 마저 치울 테니… 어, 그놈의 눈 제법 쏟아지네."

방호장은 하늘을 보며 혀를 찼다.

밤 9시가 다 되어도 비상대기는 해제되지 않았다. 탁대는 책상에 앉아 마더와 문자를 주고받았다.

─오늘만 날이니? 다음에 해도 되니까 마음 편하게 먹어.

─알았어요.

─비상대기는 뭘 하는 거니? 도로의 눈도 쓸고 그러는 거야?

─그냥 사무실 대기⋯⋯.

─오늘 못 오는 건 아니지?

─잘 몰라. 조금 있다가 상황 봐서 연락할게.

문자를 마칠 때 테이블에서 수런거리는 용 팀장 목소리가 들렸다.

"에이, 자식들. 그냥 가라고 하지. 어차피 우리가 뭘 할 것도 아닌데⋯⋯."

"그러게 말이에요. 제설차 몇 번 돌면 될 일을 가지고⋯⋯."

소 팀장도 불만스러운 목소리다. 물론 탁대도 좀 의아했다. 폭설비상 대기라면 뭔가 해야 하는 것 아닐까? 예를 들면 거리로 나가 눈을 치운다든가 아니면 골목을 다니며 염화칼슘을 뿌린다거나⋯⋯.

땡!

밤 아홉 시. 벽시계가 시보를 알리자 황 팀장이 일어섰다.

"혜자하고 명하, 그리고 탁대는 먼저 들어가."

"가라는 명령 내려왔습니까?"

황 팀장의 말에 놀란 용 팀장이 물었다.

"내일 업무도 해야 하는데 전 직원이 손가락 빨고 있나? 일부는 들어가야지. 안 그렇습니까? 과장님!"

황 팀장은 공을 은 과장에게 넘겼다. 은 과장은 똥마려운 강아지처럼 몇 번 헛기침을 하더니 마지못해 수락해 주었다.

"소리 없이 조용히 나가. 감사실 애들 알면 골치 아프니까."

은 과장의 지시가 떨어지자 탁대는 윤아를 바라보았다.

"얼른 가요. 마음 변하기 전에."

"조 주임님은요?"

"나는 필수요원이에요. 그러니 비상해제될 때까지는 남아야죠. 뭐 11시쯤 되면 가라고 할 거예요."

"탁대 오빠."

가방을 챙긴 혜자가 탁대를 당겼다. 엉거주춤하던 탁대는 혜자와 명하에게 끌려 사무실을 나섰다.

"가라고 할 때 가는 게 장땡이에요."

청사 뒷문으로 향하며 혜자가 말했다.

"고참들이 안 가고 있으니……."

"다들 눈치 보느라 그래요. 알고 보면 몸 무지하게 사리거든요."

청사를 나오자 혜자의 목소리가 높아졌다.

둘을 보내고 나니 시간은 9시 10분이었다. 인도는 눈이 쌓였지만 도로는 크게 밀리지 않았다. 제설차량이 제때에 염화칼슘을 뿌린 덕분이었다. 탁대는 통화 버튼을 눌렀다.

"마더!"

—아직 시청이니?

"지금 나왔는데 저녁 먹었어요?"

—지금 먹으려고…….

"그럼 먹창으로 오세요."

—지금?

"제가 먼저 가서 주문해 놓을게요. 빨리요."

탁대는 마더가 뭐라고 변명할 여유도 주지 않고 전화를 끊었다. 비상대기에서 탈출한 기회를 최대한 살리고 싶었다.

버스는 평소보다 조금 늦게 왔다. 사람도 평소보다 좀 많았다. 버스는 오르막에서 약간 버벅거렸다. 이면도로에 속하는 곳이라 아직 제설차가 다녀가지 않은 구간이었다. 버스에서 내리니 언덕 위에 설치된 제설함이 보였다. 탁대는 그곳으로 뛰었다. 그런 다음, 염화칼슘 포대를 꺼내 언덕 위에 까놓았다. 십여 포대를 까놓자 온몸에서 땀이 흘러내렸다. 기분이 뿌듯했다.

"건배!"

지글거리는 고기를 두고 마더가 소리쳤다. 탁대는 맥주 한 잔을 맛깔나게 마셨다. 눈을 치우고 염화칼슘을 뿌리고 와서 그런지 목 넘김이 기가 막혔다.

"아유, 고기가 막 살살 녹네."

마더도 입맛이 땡기는 모양이다. 고기값이 착해 등심과 갈빗살을 두 근이나 시켜도 돈도 얼마 들지 않았다.

"그나저나 주정차담당 공무원이 눈 오면 눈도 치우는 거냐?"

마더는 궁금증을 참지 못하고 물었다.

"제가 치우는 건 아니고요……."

탁대는 공무원 비상대기 규정에 대해 간략하게 설명했다. 폭설 비상대기 규정과 함께 읽은 것들이었다.

일단 공무원은 비상상황에 대한 소집령에 따라야 할 의무가 있었다.

일상적으로 일어나는 비상대기는 폭우 비상대기, 폭설 비상대기, 건조기 산불 비상대기 등이 있었고 여름철 을지훈련 비상소집, 기타 기관장이나 국가재난에 따른 비상대기 등이 있었다.

말하자면 비가 많이 와도 비상, 눈이 많이 와도 비상, 봄에 비가 너무 안 와도 비상이었다. 아, 만약 서울시 등의 대도시 지방 공무원이라면 산불대기는 관련이 없는 항목이다.

"어휴, 그럼 쉬는 건 언제 쉬냐?"

이야기를 들은 마더가 한숨을 쉬었다.

"이 사람, 그게 매일 그러려고. 게다가 가을에는 큰 비나 눈이 없으니까."

"그때는 지역 축제에 동원된다네요."

"푸헐~!"

탁대의 부연 설명에 동환이 먹던 걸 토해냈다.

사실 규정만 보면 공무원은 휴일이나 자유가 없어 보인다. 이것 외에도 근무지를 벗어나 원격지로 가는 것도 부서장이나 기관장의 허락을 얻고 움직여야 한다는 규정 때문이다. 하지만 매사 규정으로 옭아매다 보면 구멍도 있는 법. 그 구멍이 바로 요령이었다.

"이 고기 한 점도 남기면 안 되겠네요. 우리 탁대가 이런 저런 거 다 견디고 받은 월급이니……."

마더는 고기를 부지런히 구웠다. 다행히 눈도 슬슬 그쳐 갔다.

"이거……."

집으로 돌아온 탁대는 마더에게 봉투를 내밀었다.

"뭐야?"

마더가 봉투를 열었다. 안에는 5만 원권이 가득 들어 있었다.

"첫 월급이에요. 딱히 쓸데도 없고 해서……."

탁대는 볼을 붉히며 웃었다.

사실 돈에 대해 생각을 해보긴 했었다. 펀드에 들까? 주식을 살까? 그것도 아니면 정기적금을 들까? 생각은 가지를 뻗어 차를 할부로 살까 하는 곳까지 미치기도 했었다.

그때 마더 생각이 났다. 지금까지 투자만 한 부모님이었다. 간간히 알바를 한 적은 있지만 그 돈은 탁대의 주머니를 벗어나지 못했다. 정기적인 수입이 아니다보니 늘 수입보다 지출할 곳이 많았던 탁대였다.

그런데 막상 임용이 되고 보니 돈 쓸 일이 많지 않았다.

우선 공무원들은 의상비가 많이 들지 않는다. 물론 사람에 따라 다르겠지만 유행에 민감하거나 멋을 부리는 직원이 별로 없는 까닭에 입던 옷으로도 충분했다.

술값 같은 것도 그렇다. 가끔 술을 마시긴 하지만 무리하는 분위기는 아니었다. 더구나 탁대는 아직 신규라서 대부분은 그냥 덤으로 끼어 먹었다.

남은 건 교통비와 품위유지비 정도인데 그건 20~30만 원으로도 충분했다. 더 핵심적인 건 탁대에게 여자가 없다는 것이었다. 그러니 당장은 지출이 아쉽지 않았다.

"이 돈은……."

마더는 잠시 감회에 젖었다. 배 아파 낳은 아들이 대견하게 받아온 첫 번째 월급. 그녀라고 애틋하지 않을 리가 없었다.

"엄마가 받아둘게. 대신……."

마더는 눈이 촉촉해진 채로 말을 이었다.

"다음 달 월급부터는 네가 계획을 세워서 사용하도록 해."

"마더……."

"실은 이 돈도 필요하지 않지만 네 마음이라 간직해 두려고……."

마더의 눈에서 눈물 한 방울이 다이빙을 했다.

"이 사람이 울긴 왜 울어?"

옆에 있던 동환이 마더에게 핀잔을 주었다.

"그냥요. 철부지 우리 탁대가 이렇게 버젓하게 월급을 받아 오니 그동안의 일이 한꺼번에……."

그건 탁대도 마찬가지였다. 사나이가 돈 150여만 원에 목을 맬 일도 아니지만 스스로 노력해서 받아든 봉급은 기분이 달랐다.

그저 어떻게 하며 한 푼이라도 용돈을 더 타낼까 잔머리 굴리던 대학 시절.

마더의 지갑을 훔쳐서라도 술값을 빼내던 백수 시절.

그리고 피를 말리며 공부하던 공시족 시절.

그때 탁대 손에 들린 돈은 돈이 아니었다. 그저 허비의 대상이었을 뿐. 그런데 봉급은 다른 것이다. 마치 피가 알알이 배인 보석처럼…….

"탁대야……."

"앞으로 더 열심히 살게요."

"그래야지. 우리 탁대… 원래 마음이 따뜻하고 배려심 강한 아이였으니 이제 그 인성을 꽃 피울 기회가 온 거야."

마더는 탁대의 손을 잡고 한참 동안 쓰다듬었다.

"에이, 기분인데 맥주 한 캔씩 더 하자."

동환도 후끈해졌는지 냉장고를 뒤져 맥주를 꺼내 들었다.

"저이는 그저 기회만 나면."

"그래서? 당신은 안 마신다 이거야?"

"누가 안 마신대요? 마실 거면 안주도 꺼내든지…….."

마더가 일어나 동환을 밀쳤다. 그리고 척척 안주를 마련해 테이블에 올렸다. 탁대의 첫 월급날은 혈관을 따끈하게 데우는 맥주와 함께 깊어갔다.

덩도로롱덩동!

첫새벽, 핸드폰이 울었다. 늦게까지 한잔한 탁대는 몸을 뒤틀며 알람을 꺼버렸다. 하지만 곧 득달같이 반응하면 전화기를 집어 들었다.

'으악, 비상소집.'

혹시나 했는데 역시나였다.

—전 직원 폭설제거 **비상소집**. 1시간 이내 응소 바람.

전화기에서 비상소집 문자가 반짝거렸다. 벌떡 일어난 탁대는 허둥지둥 세수를 하고 거실로 나왔다.

"이거라도 마시고 가."

마더가 따끈히 데운 우유를 내밀었다. 원샷으로 해치운 탁대는 밖으로 뛰었다.

"마더, 죄송하지만 집 앞 눈 좀 쓰세요!"

문을 나서며 소리쳤다. 내 집 앞 눈은 내가 쓸기. 그건 봉황시에도 예외는 아니었다. 골목마다, 도로 주변마다 눈 천국이었다. 낭만적인 시민들이 만든 눈사람도 보였다.

사무실에 도착하니 7시 15분. 은 과장과 용 팀장을 제외하고 다 나와 있었다.

"우리 구역은 천하 아파트와 무적 아파트, 그리고 교회 뒤쪽 길 눈 제거입니다."

박 주임이 임무를 하달했다.

한 시간 정도 움직이니 천하 아파트 앞의 보도블록이 모습을 드러내기 시작했다. 몸은 고단하지만 아무것도 하지 않고 대기하던 어제보다는 나았다. 그렇다고 다 열심히 한 건 아니다. 때늦게 나타난 용 팀장은 허리가 아프다고 설렁거렸고 소 팀장도 하는 둥 마는 둥이었다.

'카르페디엠.'

탁대는 개의치 않았다. 공무원도 요령이 필요한 직업이라는 건 어렴풋이 깨달은 탁대. 하지만 그에게는 개똥초심이 있었다.

'이럴 때 쓰라고 마법이지.'

"무적 아파트는 제가 먼저 가서 쓸고 있을게요."

직원들이 잠시 쉬고 있을 때 탁대가 넉가래를 들고 나섰다. 무적 아파트는 그늘 쪽이라 사람이 없었다. 탁대는 누가 올세라 화염탄을 피워 올렸다.

'굴러라!'

넉가래로 눈 대신 화염을 굴렸다. 화염 덩어리가 인도를 구르자 눈이 사르르 녹아내렸다. 시원하게 뚫린 길을 보니 속이 다 후련했다. 마법 덕을 제대로 본 것이다.

"어머, 벌써 다 쓸었어요?"

잠시 후에 나타난 윤아가 깜짝 놀라 소리쳤다. 다른 직원들도 눈을 휘둥그레 떴다.

"제가 군대에서 눈 좀 치워봤거든요."

슬쩍 목에 힘을 주는 탁대.

"으아, 넉가래에 불이 나도록 치웠나 보네?"

송 주임이 탁대의 넉가래를 바라보았다. 그러고 보니 불덩이 때문에 일부 탄 흔적이 있었다.

"우리 부대 눈 치우는 구호가 그거였거든요. 발바닥에 불나도록, 넉가래가 타들어가도록!"

탁대는 괜히 헛삽질을 해보였다. 직원들은 그런 탁대를 존경스러운 눈빛으로 바라보았다.

"끝났나?"

은 과장이 나타난 건 그때였다.

"과장님!"

그를 제일 반기는 건 용 팀장이다. 가재는 게 편이라더니…….

"사무실 지키는 박 주임 연락인데 지금 부시장님이 확인 떴다니까 제대로들 하자고."

교회 뒷길로 자리를 옮긴 과장과 용 팀장, 갑자기 부산을 떨며 삽질을 한다. 그걸 보자니 탁대 입에 피식 미소가 스쳐 갔다. 제대로 하자고? 그걸 안 한 건 그들뿐이다. 불쌍한 인생. 저 나이에 눈치나 보며 살다니.

'나는 절대 저렇게 살지 말아야지.'

탁대는 이마에 송글 맺힌 땀을 씻어 냈다. 그때 건너편에서 유치원 차량 한 대가 눈 때문에 헛바퀴를 돌며 낑낑거렸다.

"저기요, 죄송하지만 좀 밀어주실래요?"

40대 기사가 창을 내리고 소리쳤다.

"허, 세상 좋아졌네. 이젠 아주 개나 소나 대놓고 머슴처럼 부리려고 하니……."

은 과장이 구시렁거렸지만 탁대는 먼저 팔을 걷고 나섰다. 공무원이 머슴인지 아닌지는 잘 모른다. 하지만 어려울 때 돕는 건 한국인의 기질이다.

탁대가 낑낑거리자 동치와 윤아가 합세했다. 그래도 차는 잘 나가지 않았다. 바퀴 아래에 제대로 박힌 얼음 때문이었다. 탁대는 차를 미는 척하며 반대편 타이어 앞 얼음판에 작은 화염을 한 줌 놓았다. 얼음이 조금씩 녹자 바퀴가 힘을 받았다. 셋은 결국 차를 빙판에서 구출해 냈다.

"고맙습니다!"

기사는 손을 흔들며 멀어졌다. 깔끔하게 바닥을 드러낸 길과 기사의 인사가 탁대의 마음을 편하게 만들었다.

'주민봉사? 쥐뿔, 별거 아니라니까.'

작은 일에 불과하지만 탁대는 마음이 뿌듯해졌다.

＊　　＊　　＊

　탁대는 총무로서 동기모임 공지를 쐈다. 어느새 한 달이 넘게 지나가 버린 시간. 돌아보면 숨 돌릴 여유도 없었다. 특히나 탁대가 그랬다. 첫날부터 굵직한 사건을 겪으면서 시작된 공무원의 직무. 지금 생각해도 가슴이 철렁거렸다.

　'은돌 형님은 잘 지내시나?'

　제일 궁금한 건 은돌이었다. 다른 사람들은 간간히 밴드에 글을 남기거나 문자를 나눴지만 은돌만은 소식이 없었다. 가끔 보낸 문자에도 답이 없기는 마찬가지였으니 어찌 그렇지 않을까?

　─회장님은 꼭 오셔야 합니다.

　은돌에게는 확인 문자를 한 방 더 쐈다.

　'뭔가 이벤트를 좀 해야 하지 않을까?'

　약속을 정하고 나니 그런 생각이 들었다. 이제 탁대는 백수가 아니었다. 그러니 동기들끼리 단합이 될 만한 기념품이라도 마련하고 싶었다.

　탁대 눈에 책상의 볼펜이 들어왔다. 공무원이 되니 의외로 펜 쓸 일이 많았다. 메모도 그렇고 사인도 그랬다.

　점심시간을 앞두고 박 여사에게 전화가 왔다. 안 나오면 쳐들어갈 테니 점심식사 약속에 응하라는 반 협박이었다.

　'하긴 쇼핑센터도 좀 들려야 하니까.'

　한 번은 만나고 지나가야 할 사람. 그러니 겸사겸사 수락을 하게 되었다.

"대신 간단한 걸로 부탁드립니다."

탁대는 그 부탁을 끝으로 수화기를 내려놓았다.

"그때 그 부녀회장이에요?

옆자리의 윤아가 물었다.

"네… 아무래도 한 번은 만나줘야 할 것 같아서요."

"잘하셨어요. 술도 아니고 점심식사인데 뭐, 어떻겠어요?"

"요즘도 공무원들이 술도… 얻어 마시나요?"

"예전보다는 줄었지만 그런 사람이 다 사라지겠어요?"

"아, 네……."

"근무평정서는 다 작성했어요?"

"아직… 어떻게 쓰는 줄도 모르고……."

"이거 전에 있던 제 업무 담당자 건데 모범 답안이니까 샘플로 써요."

윤아가 출력지 한 장을 내밀었다.

근무평정서!

공무원들이 일 년에 두 번씩 작성하는 일종의 성적표에 속한다. 승진을 하려면, 성과급을 잘 받으려면 A를 받아야 한다. 그걸 위해 나는 이런 업무를 하고 있으며 이러 이렇게 일해 왔다, 라고 쓴 후에 부서장의 평가를 받는 것이다.

'전부 우수?'

헐~!

출력지의 공무원은 자기 스스로를 평가하는데 있어 전부 '우수' 하다고 체크해 놓았다. 자화자찬이다. 조금 이상했다. 어떻게 자기가 자기를 우수하다고 할 수 있을까? 그것도 모든 항목에 있어 전부 다?

"그렇게 쓰는 게 좋아요."

탁대의 의문에 윤아가 간단하게 대답했다. 자기 스스로 좋은 점수를 주지 않으면 평정자도 좋은 점수를 주기 어렵다는 것이다.

'그럼 우리 과 사람들이 전부 다 우수를 체크?'

탁대는 고개를 들었다. 황 팀장부터 채동치까지 한눈에 들어왔다.

탁대는 알고 있다. 누가 열심히 일하고 누가 입으로 일하는지. 누가 일하는 척하면서 탱탱 놀고 있고 누가 뺑이 치는지.

그런데 다들 우수라고 체크한다니, 뭐 이런 평가가 다 있나 싶었다.

탁대는 반 땅으로 가닥을 잡았다. 평가 항목의 절반은 우수하다고 쓰고 나머지는 보통이라고 적었다. 차마 선배들처럼 하기가 낯 뜨거웠던 것이다.

"과장님!"

서류를 들고 일어선 용 팀장이 은 과장에게 다가갔다. 그는 과장의 귀에 대고 뭔가를 속삭였다. 이제는 눈에 익은 일이지만 여전히 아름답지는 않았다.

은 과장은 상의를 챙겨 입었다. 그러더니 용 팀장과 함께 점심을 먹으러 나갔다.

"우리 팀장님 또 비즈니스 들어가시네."

그걸 바라보던 윤아가 다 들으란 듯이 구시렁거렸다.

점심시간.

탁대는 박복자 여사를 따라 중국집으로 들어섰다. 방은 미리
예약이 되어 있었다. 그나마 다행인 건 박 여사가 친구를 두 명
데리고 왔다는 사실이었다. 밀폐된 방에 박 여사와 둘이 있는
건 탁대 입장으로 그리 달가운 일이 아니었다.

"어유, 신문보다 실물이 더 낫네."

박 여사의 친구들은 반갑게 탁대를 맞아 주었다. 두 사람은
박 여사의 친구로 같은 아파트 단지에 사는 사람들이었다.

"뭐든지 시켜요. 상어지느러미부터 곰 발바닥 요리까지 다
되니까."

박 여사가 외투를 벗으며 호기를 부렸다.

"저는 그냥 자장면이면 됩니다."

"말도 안 돼. 이 박복자가 겨우 자장면을 쏘란 말이야? 게다
가……."

박 여사는 잠시 쉬었다가 말을 이었다.

"조탁대 씨한테 잘못 보이면 천벌이 내리는 걸 아는 마당
에……."

"천벌?"

듣고 있던 박 여사 친구들이 고개를 들었다.

"조탁대 씨, 그렇죠?"

박 여사는 두려움이 남은 눈빛으로 탁대를 바라보았다.

"그거야……."

"오늘은 괜찮겠죠? 조탁대 씨 조지러 온 게 아니라 대접하러 왔으니… 호홋!"

"아, 네……."

탁대는 대충 얼버무렸다.

"얘, 대체 뭔데 그래?"

박 여사의 친구들이 박 여사를 다그쳤다.

"그런 거 있어. 너무 알면 다치니까 여기까지."

박 여사는 그쯤에서 선을 그었다. 하긴 조심하는 게 당연했다. 매번 펄펄 뛰던 박 여사였지만 그렇기 때문에 결국에는 마법에 당해야만 했던 그녀. 게다가 카페에서 일어난 나체의 활보 사건은 그녀의 인생에 잊혀지지 않을 충격이 될 게 분명했다.

"비싼 거 먹으면 짤릴지도 모르는데요."

탁대도 할 말은 했다. 세상이 공무원 편이 아니니 대접한다고 해서 비싼 걸 넙죽 받아먹을 수는 없었다.

"짤리다니? 아, 일 잘하는 생명의 은인에게 식사 한 끼 대접하는데 누가 짤라? 그럼 내가 그냥 둘 줄 알아요?"

박 여사의 목소리가 높아졌다. 하는 수 없이 잡탕밥으로 타협을 보았다. 요리는 탁대의 입장을 고려해 팔보채 하나를 더 시키는 걸로 결론이 났다.

박 여사의 두 친구는 박 여사처럼 활달하지 않았다. 그녀들은 꼭 필요한 말만 하며 탁대를 편하게 만들었다. 그러다 잠시 침묵이 이어지는 동안 옆쪽 내실에서 목소리가 들려왔다.

"과장님, 많이 드시고……."

탁대는 귀를 기울였다. 어디선가 많이 듣던 목소리기 때문이었다.

"그동안 잘 보필하지 못해서… 그래도 나름 열심히 과를 위해……."

목소리는 끊겼다 이어지기를 반복했다.

'이럴 때 투시가 되면…….'

작은 새우를 입에 넣으며 생각했다. 인간의 욕심은 끝이 없다. 순간접착과 순간독심의 능력이 미치지 않는 곳. 이럴 때 맞춤한 것이 바로 투시였다.

'아무래도 용 팀장님 같은데 말이야…….'

귀를 기울여 보지만 대화는 더 들리지 않았다. 박 여사의 수다에 묻혀 버린 것이다.

"너희 동도 불법주정차 금지야. 앞으로 탁대 씨 힘들게 하면 내가 다 아작낼 줄 알아."

박 여사는 친구들에게 엄포를 놓았다. 적에서 동지로 변한 박 여사.

탁대는 포만감만큼이나 마음이 든든했다.

"먼저 들어가세요."

식사를 마치고 나온 탁대는 박 여사 일행을 배웅했다. 셋은 손을 흔들며 멀어졌다. 탁대는 중국집을 돌아보다가 얼른 몸을 숨겼다.

밀담을 나누던 사람들은 예상대로 용 팀장과 은 과장이었다. 용 팀장은 눈살을 찌푸릴 정도로 은 과장을 깍듯이 챙기고 있었다.

'신경 끄고 펜이나 사러 가자.'

탁대는 동기들 모임 기념품을 위해 쇼핑센터에 들렀다. 좀 쓸 만한 펜은 2000원이 넘었다.

'24명이면 48000원…….'

48000원.

만약 백수라면 과한 액수였다. 하지만 직이 총무다 보니 회비를 걷으면 충당될 것도 같았다. 만약 동기들이 반대한다면 쿨하게 인심을 쓸 생각이었다.

윤아와 혜자, 명하 몫까지 함께 샀다. 윤아는 살가운 선배인데다 혜자와 명하도 따지고 보면 탁대의 직속 부하라고 해도 무방하기 때문이었다.

포장을 받아든 탁대는 문구점을 나오다 걸음을 멈췄다. 저만치 넥타이 가게 앞에 서성이는 용 팀장과 은 과장을 발견한 것이다.

'과장님과 용 팀장님…….'

용 팀장은 넥타이 두 개를 골라 은 과장에게 안겼다. 은 과장은 체면상 사양하는 척하지만 이내 받아 들었다. 용 팀장 얼굴에는 뿌듯함이 넘쳤다.

'용 팀장님… 고속 승진의 비결이 저거였겠지.'

처세의 달인 용 팀장. 입으로 일하는 그의 노하우를 알 것 같았다.

"오늘 동기 모임이 있어서 먼저 가보겠습니다."

저녁 7시 10분, 탁대가 기념품 가방을 챙겨 들고 일어섰다.

"가봐."

용 팀장이 대꾸했지만 은 과장은 들은 척도 하지 않았다. 탁대에 앞서 퇴근한 사람은 황 팀장과 송 주임뿐이었다. 별수 없이 은 과장에게 인사를 꾸벅하고 나왔다.

'더럽게 눈치 주네.'

뒤통수가 따가웠다. 엊그제 공문만 해도 시간 외 근무를 자제하라는 항목이 있었다. 휴일 근무도 부서장 주관하에 줄이라는 글자도 있었다. 하지만 그건 그냥 문구에 불과하다.

다른 건 몰라도 공무원들은 능률이 높지 않았다. 송 주임이나 채동치 같은 경우에도 보고서 한 장을 가지고 일주일씩 끄는 경우도 있다. 초보인 탁대가 봐도 그건 좀 심했다.

조금만 더 애를 쓴다면 한나절이면 가능한 일처럼 보였기 때문이다.

탁대는 수애와 재광을 만나기로 한 주차장으로 나갔다. 시청 건물에서 멀어질수록 홀가분해지는 마음. 그건 신규의 숙명과도 같은 기분이었다.

하지만!

탁대를 가로막는 인간이 있었다.

"팔호?"

이팔호는 정이 똑 떨어지는 미소로 입을 열었다.

"어디 가나 보죠?"

"문자 안 봤냐? 오늘 동기모임이잖아?"

"그건 뭐죠?"

팔호가 탁대의 손에 들린 기념품을 가리켰다.

"비밀이다. 왜?"

"뇌물은 아니고요?"

"뭐?"

"죄송하지만 좀 보여주시죠. 요즘 근무성적 평정 철이라 부서장들에게 성의를 빙자한 뇌물을 먹이는 사례가 늘어서 특별 감찰 중입니다."

"야, 이팔호!"

탁대가 버럭 소리쳤다.

"예세요."

"너 돌았냐? 네 눈엔 이게 뇌물로 보여?"

"떳떳하면 열라고요."

팔호는 집요하게 요구했다. 참다못한 탁대는 기념품 쇼핑백을 팔호 얼굴에 던져 버렸다. 얼결에 받아든 팔호가 쇼핑백을 열어 확인했다. 그래봤자 나온 건 볼펜뿐이었다.

"어디에 쓸 물건이죠?"

"그거까지 알아야 하냐?"

"떳떳하면 말 못 할 거 없잖아요?"

"이따가 동기들끼리 기념품으로 간직하려고 샀거든. 기왕 받았으니 네가 들고 와라."

탁대는 팔호의 가슴팍을 거칠게 밀고 지나갔다. 그러다 몇 걸음 만에 걸음을 멈추고 뜨악하게 돌아보았다. 팔호의 바지 주머니가 불룩하게 나온 게 보인 것이다.

"너 바지 주머니 말이야……."

"……!"

순간 팔호가 움찔 몸을 움츠렸다.

"놀라긴. 대감사실 직원이 주머니 불쑥 나오면 거시기 꼴렸다고 오해받을까 봐 그러는 거거든."

"무, 무슨 헛소리를……."

"그거 설마 뇌물 봉투 받은 건 아니지? 아니면 직원들 뇌물 현장 발견하고 압수했다든지……."

"조, 조탁대 씨!"

"내가 진심으로 말하는 건데 지금 네 모습이 뭘 닮았는지 아냐?"

"무슨 뜻이죠?"

"너만 보면 멍멍 개가 생각난다. 아무나 물고 보는 똥개. 아니지. 좀 만만해 보이는 사람만 문다고 해야 하나?"

"나는 직무를 수행할 뿐입니다."

"그러다 천벌 받는다. 불덩이 천벌이나 악몽 천벌."

"히익!"

아직 그날의 기억이 남은 팔호가 몸을 움츠렸다. 콧등을 구긴 팔호는 청사 안으로 들어갔다. 그때 마침 안에서 나오던 수애와 재광이 팔호와 마주쳤다. 수애가 먼저 인사를 건넸지만 팔호는 본 척도 않고 휭 하고 가버렸다.

"탁대 오빠!"

"왔나?"

"저 아저씨 왜 저런대요? 완전 저기압 우거지 뭉친 상이네?"

"내가 심부름 좀 시켰거든."

"심부름?"

"동기들 기념품 하나 샀는데 좀 들고 오라고 했어. 그랬더니 저런다."

탁대는 그래도 팔호를 위해 에둘러 말했다.

"에이, 그런 거 있으면 나를 주지 그랬어. 팔호 씨 성격 개차
반 같은 거 잘 알면서……."

옆에 있던 재광이 끼어들었다.

"개차반?"

"아니, 불독이라고 해야 하나? 직무감찰 더티하고 지독하다
고 소문났던데……."

"너도 걸렸냐?"

"멋모르고 몇 번 당했어. 전화응대도 그렇고 책상 시건과 점
심시간 컴퓨터 전원 등등……."

"수애 너는?"

"다행히 우리 과는 잘 안 와요."

"어이쿠, 감사관실에서도 잘나가는 과는 서로 봐주는 모양이
구나."

탁대가 엄살을 떨었지만 완전 헛소리는 아니었다.

총무과, 인사과, 기획실, 감사관실.

이 네 곳 직원들은 이상하게도 빙빙 도는 인사가 잦다고 한
다. 소위 알짜 부서 안에서만 인사이동을 하는 것이다.

"그만하고 가시죠. 총무님!"

수애는 그 말로 탁대의 입을 막아 버렸다.

'그런데…….'

인도로 나온 탁대가 시청을 돌아보았다. 불룩했던 팔호의 주
머니가 다시 떠올랐다.

'왜 그렇게 놀란 거야? 진짜 뇌물이라도 처먹었나?'

탁대는 고개를 갸웃거렸다.

"건배!"

신규 임용자 동기모임이 시작되었다. 허름한 동네 호프집을 통째로 빌린 장소는 탁대네 모임에 안성맞춤이었다.

먼저 모인 사람은 19명. 세 명은 부서장 눈치 보느라 불참을 통보했고 은돌과 팔호는 아직 참석 전이었다.

"이야, 이렇게 만나니까 신규 티가 거의 안 나네."

"그러게요. 다들 노련한 7급처럼 보여요."

"으아, 난 7급만 됐으면 소원이 없겠네. 9급은 말발도 안 서고……."

여기저기서 정다운 목소리들이 튀어나왔다. 하지만 누가 뭐래도 이 모임의 스타는 탁대였다.

"조탁대 씨는 벌써 유명하던 데요? 동기들 중에서 제일 먼저 승진하는 거 아닌가 모르겠어요."

"맞아요. 검찰하고도 붙고 시의원하고도 붙었다면서요?"

"그러다 너무 유명해져서 공무원 그만두고 시장 출마하는 거 아니에요?"

여자들은 다투어 탁대의 근황을 궁금해했다.

"그건 결과만이고 짤릴 뻔한 건 왜 몰라요?"

맥주를 한 모금 넘긴 탁대가 손을 저었다. 짧은 시간에 경험한 많은 사건들. 지금 생각하면 경험이고 추억이 되겠지만 다시 돌아보고 싶지 않은 기억이었다.

"누가 너를 짤라? 그럼 내가 그냥 안 있지."

탁대를 열렬히 지지하며 등장한 사람은 은돌이었다. 그 뒤에 팔호도 보였다.

"왕 형님!"

탁대가 일어나 은돌을 맞으며 말을 이었다.

"아, 왜 그렇게 연락이 없어요? 난 형님이 짤린 줄 알았네."

"야, 너희들처럼 본청에 있는 사람들이 뭘 아냐? 동사무소 나가 봐라. 폭주하는 복지민원에 집 앞 눈 쓸어 달라는 할머니, 할아버지. 골목길 쓰레기 무단투기 민원에다 관변단체 회원들 관리까지 미치고 팔짝 뛸 지경이다."

은돌은 앉기 무섭게 맥주부터 원샷으로 삼켜 버렸다.

"그렇게 바빠요?"

"내가 완전 돌쇠 스타일 아니냐? 게다가 직급도 꼴이니 우리 팀장님 하고 동장님이 만만하면 나부터 찾는다."

"에이, 그럼 완전 스타 됐다는 얘기잖아요?"

"이게 너처럼 방송에 나오는 스타하고는 차원이 다르니까 그렇지. 잡일처리 기동머슴반이라고나 할까?"

은돌은 고개를 설레설레 저었다. 그렇잖아도 동사무소나 면사무소의 복지행정이 얼마나 바쁜지는 듣고 있던 참이었다.

탁대 역시 정신 못 차릴 정도로 바빴지만 은돌의 말을 들으니 살짝 위로가 되었다. 세상이 다 널널한데 나만 바쁜 것만큼 짜증 나는 일도 없으니까.

"진짜 그렇게들 바빠요? 우리 과는 그 정도는 아닌데……."

듣고 있던 성기갑과 최상은이 고개를 갸웃거리며 물었다.

"우리도 그래요. 그런데 들어보니까 부서마다 바쁜 철이 다르다더라고요. 물론 일 년 내내 바쁜 곳도 있긴 하겠지만요."

보건소에서 근무하는 권현지도 한마디 거들었다.

"자자, 그건 그렇고 봉황시의 미래를 이끌어갈 우리 동기들, 회장님이 오셨으니 다시 거국적으로 건배 한 번 합시다!"

탁대가 일어나 분위기를 잡았다. 각각 잔을 채운 탁대의 동기들은 목청껏 건배를 외쳤다.

"건배!"

스물한 명이 모이니 작은 시청이 재현되었다. 시청 곳곳의 정보가 쏟아지기 시작했다.

기획실의 이창혜, 총무과의 노수애, 문화공보실의 류재광, 안전총괄과의 김인숙과 교통과의 조탁대… 이들이 쏟아놓는 과의 분위기는 말 그대로 시청 전체 분위기의 축소판이었다.

여기서도 팔호는 따로국밥으로 놀았다. 잡포와 미녀 신규들 사이에 자리한 이 인간. 감사관실의 분위기에 대해서는 일절 말을 꺼내지 않는 것이다.

"원래 감사 업무는 대외비야."

팔호는 동기들의 기대를 한마디로 일축해 버렸다.

'저 인간 진짜…….'

탁대는 혀를 내둘렀다. 술이 한두 잔 들어간 분위기니 마음이 열릴 만도 하건만 그 잘난 프라이드와 못된 권위가 짬뽕된 재수 없는 건방짐은 허물어질 줄을 몰랐다.

이야기는 부서장이나 부서의 명물 직원들로 옮겨갔다. 행정의 달인으로 불리는 황 팀장과 장광백, 그리고 류청봉에 대한

이야기가 나왔다. 이어 아부의 달인이라거나 줄 서기의 달인들도 나왔다. 이야기꽃이 피어 갈 무렵 늘 말수가 적던 하종국이 천천히 입을 열었다.

"다들 분위기 좋은데 이런 말하면 어떨까 모르겠는데……."

은돌과 이야기를 주고받던 탁대가 말을 멈추고 돌아보았다.

"딱히 오늘이 아니면 따로 말할 기회가 없을 거 같아서……."

운을 뗀 종국은 남은 맥주 반 잔을 단숨에 비워 냈다. 그러고는 동기들이 뒤집힐 만한 말을 꺼내놓았다.

"나 사표 냈어!"

6장

영웅 탄생

사표!

그 말은 쓰나미보다 강력하게 탁대네 일행을 강타했다. 어떻게 들어온 공무원인데 사표라니?

"종국 씨, 지금 장난해?"

나이 좀 먹은 상은이 먼저 반응을 보였다.

"장난 아니에요."

종국은 뒤통수를 벅벅 긁더니 다음 말을 이었다.

"실은 제가 양다리였거든요."

"그 환상의 양다리?"

놀란 동기들 입에서 침이 튀었다.

양다리!

공시족에게 있어 양다리라는 건 동시 합격을 의미한다. 그렇다면 종국은 과연 어떤 공채에 동시에 합격했던걸까?

"아니, 따지면 트리플 다리겠네."

트리플이란다. 그렇다면 그건 세 군데 합격이었다.

"봉황시, 국가직 경기도, 그리고 국가직 7급 행정직!"

"헐~! 대박!"

재광과 단비, 그리고 수애가 동시에 외쳤다. 그냥 세 군데 합격한 것도 모자라 국가직 7급까지 석권했다니.

"일단 봉황시가 먼저 발령이 났길래 왔는데… 이번에 국가직 발령이 떨어져서……."

종국은 미안한 듯 얼굴을 붉혔다.

"야, 그럼 잘된 일이네. 그럼 당연히 가야지."

다들 얼떨떨해하는 사이에 흔쾌하게 축하를 건넨 건 은돌이었다. 과연 나이는 폼으로 먹은 게 아니었다. 하지만 탁대네 충격은 그게 끝이 아니었다.

"그럼 나도 자수해야겠네."

이번에는 연수흠이 나섰다.

"너도 양다리였어?"

탁대가 수흠을 바라보며 물었다. 그 역시 큰 말이 없는 존재였었다.

"양다리는 양다리인데 나는 대기업 쪽이에요."

"대, 대기업?"

알고 보니 수흠은 10대 그룹 중 한 곳에서 합격통지서를 받았단다. 그 역시 그쪽에서 면접까지 보고 발표를 기다리다가 봉황시에 임용이 되자 일단 출근을 한 모양이었다.

"으아, 술 땡기네."

재광과 몇몇 동기들은 500cc 한 잔씩을 더 시킨 후에 단숨에 비워냈다.

"그래서 말인데요, 오늘 회식비는 우리 둘이 나눠서 쏠게요."

종국이 말하는 것과 동시에 신규 번개는 송별회 쪽으로 가닥을 잡고 말았다. 오는 사람 막을 수 없고 가는 사람 막을 수 없다. 술이 한잔 더 들어가면서 나온 말이지만 둘은 일류대 출신이었다. 하종국은 Y대였고 연수흠은 K대……

하종국은 원래 공직에 뜻이 있어 행정직 7급을 노렸고 연수흠은 대기업 몇 곳에서 물을 먹자 안전빵으로 봉황시 공채를 본 케이스였다.

"하긴, 우리 팀장님이 그랬는데 이런 경우가 많다더라고요."

얌전히 자리를 지키던 수애가 입을 열었다. 신규들이 사표를 내는 경우는 주로 두 가지였다.

하나는 양다리로 있다가 더 좋은 곳으로 옮기기.

또 하나는 기대 이하의 직장 조건에 실망해서 사표.

후자의 대표적인 것이 과거 경기도 위성도시에서 일어난 경우다. 조직 확대로 신규 임용을 대폭 늘렸지만, 업무정착이 안된 상태에서 신규들까지 무리하게 실무에 투입하다 보니 일어난 부작용이었다.

"아무튼 말이야, 이것도 인연이니까 다른 데 가더라도 가능하면 동기 모임에 나와 줘."

은돌이 떠나는 두 사람을 보며 당부했다.

"네, 꼭 불러주세요."

두 사람은 기꺼이 대답했다.

1차는 9시가 넘어서 끝났다. 탁대는 거기서 기념품을 풀었다.

"이팔호, 그거 나눠 줘라."

하지만 팔호는 못 들은 척했다. 그는 잡포 4인방과 머리를 맞대고 시시덕거리느라 바빴다.

"야, 이팔호!"

하는 수 없이 버럭 소리치는 탁대.

"왜요?"

"기념품!"

"아!"

그제야 알아들었다는 듯이 겨우 반응하는 팔호. 탁대는 슬쩍 기분이 상했지만 여러 사람을 의식해 내색을 안 했다. 그러나 팔호는 결국 탁대의 속을 긁어버리고 말았다.

"자자, 여러분을 위해 제가 기념품을 준비했습니다. 하나씩 받으시고 앞으로 승승장구해서 다들 사무관으로 고속 승진하시기 바랍니다."

팔호는 마치 제가 사온 양 설레발을 치며 기념품을 나눠주었다. 탁대는 어이가 없었지만 쪼잔하게 일일이 밝히기도 우스워 웃어넘겼다. 세상에는 정말 별 인간이 다 있었다.

"2차 가야지?"

라고 은돌이 말하는 순간 탁대의 전화기가 빽빽거렸다.

"감사합… 여보세요!"

또 실수를 할 뻔했다. 겨우 목소리를 바꿨지만 상당수는 이미 눈치를 채고 킥킥거리고 있었다.

"나 집에서도 저렇게 전화받는다."

"언니, 말도 말아요. 나는 남친 전화도 저렇게 받았다니까요."

왕 언니 노릇을 하는 김인숙이 말하자 이창혜도 웃었다.

"알았습니다. 제가 확인하고 들어갈게요."

그 사이에 탁대는 전화를 끊었다.

"사무실이야?"

눈치 빠른 은돌이 물었다.

"거주자 우선주차장에 문제가 생겼다고 숙직실에 전화가 왔다네요. 이 민원이 당장 해결 안 하면 시청에 불을 지르겠다고 해서 과장님이 빨리 해결하라는 지시를 내렸다니 가봐야겠어요."

"어우, 지금 시간이 몇 신데……."

이야기를 들은 수애가 안타까움을 토했다.

"종국 씨, 수흠 씨. 둘 다 새 출발 축하하고 여러분은 다음에 봅시다!"

탁대는 아쉬움을 뒤로 하고 동기들 모임에서 빠졌다.

"우리의 톱스타 조탁대 파이팅!"

인숙이 단비, 수애, 창혜와 함께 서서 탁대를 배웅했다. 탁대는 손을 흔들어 주고 도로로 나왔다. 일단 편의점에 가서 가글부터 구했다. 만약을 위해 껌까지 한 통 집었다. 다행히 술을 많이 마시지는 않았지만 혹시라도 민원인이 음주 시비라도 걸면 큰일이었다.

〈거주자 우선주차장〉

이건 봉황시에도 몇 곳 운영이 되고 있었다. 동네의 짜투리 땅에 주차장을 만들고 그 주변 사람을 대상으로 신청을 받는다. 그런 다음에 소액의 요금을 받고 자율주차를 하는 곳이다.

그런데 민원이 끊이질 않는다. 첫째는 그 용도를 알고 빈자리에 슬쩍 주차하는 얌체 차량들이다. 자리 주인이 오면 그 옆자리로 차를 옮기는 방식으로 무료로 이용하는 것이다. 두 번째는 정말 모르고 오는 사람들. 주차장이 있고 빈자리가 있으니 일단 대고 본다. 관리인이 없으니 약간 이상하기는 하지만 나중에 뭐라 하면 요금내면 되지, 하는 식이다.

'왜냐면……'

탁대는 그 이유가 사람들의 바쁜 일상, 귀차니즘, 그리고 홍보 부족이라고 생각했다.

우선 바쁘다.

그러니 가까운 곳을 이용하는 것이다.

둘째는 귀찮다.

그래서 공고판 같은 걸 보지 않는다.

이건 시청에서도 마찬가지였다. 수많은 사람을 위해 공통적인 애로에 대해서는 벽에 주르륵 '알림'을 적어놓았다.

하지만 신기하게도 잘 읽지 않는다. 그것보다는 사람을 잡고 물어본다. 그러다 시비가 생기면 자기주장을 늘어놓는다.

마지막으로는 홍보 부족!

뭐든 방송에 쾅쾅 광고를 때리면 간단하다. 하지만 지자체에는 그럴만한 예산이 없다. 한 달에 한 번씩 내는 시정신문 같은 매체는 아무리 내도 읽는 사람만 읽는다. 시민의 만족도를 재고

하기 위해서는 홍보가 중요한데 그렇다고 마냥 홍보만 하고 살수는 없는 노릇이었다.

"그러니까 빼라고요!"

"못 뺀다고. 나도 돈 내면 될 거 아니야."

"아, 진짜… 여긴 내가 돈 내고 맡은 자리라니까요!"

주차장이 가까워 오자 고함 소리가 들려왔다. 20여 대를 댈수 있는 주차장 안에는 두 명의 남자가 실랑이를 벌이고 그 주변에는 구경꾼들이 네댓 명 보였다.

"안녕하세요. 시청에서 나왔습니다."

탁대는 신분증부터 꺼내보였다.

"옳거니. 당신이 주차 담당이야?"

자리를 선점한 화물차 주인인 중년이 탁대를 바라보았다.

"그렇습니다만……."

"당신 일을 어떻게 하는 거야? 차 댈 곳도 마땅치 않은데 누구 마음대로 이 자리를 이 근처 사람만 대게 만들어? 나도 봉황시 시민이거든!"

"선생님, 차근차근……."

"내가 왜 네 선생이야? 나 노가다라고 놀리는 거야?"

"그, 그게 아니라……."

"아무튼 나 차 못 빼. 여기 이 인간들은 여기다 오래 댔으니까 나도 좀 대야겠다고. 돈 내면 될 거 아냐?"

중년은 막무가내로 지껄였다.

"어떻게 좀 해보세요. 남의 자리 차지하고 이 난리니 어쩝니까? 경찰도 주차 문제는 구청 소관이라고 뒷짐만 지고……."

지금껏 실랑이에 시달린 자리 주인은 고개를 설레설레 저었다.

"죄송하지만 이분 말씀이 맞습니다. 선생님도 이 골목에 사시면 다음 달에 신청해서 추첨으로 뽑힐 수도 있으니 오늘은 빼주세요. 우선권이라는 게 있지 않습니까?"

"우선권? 개나발 같은 소리하고 자빠졌네. 똑같은 시민인데 누구는 우선권이고 누구는 무선권이냐?"

탁대의 말은 씨도 안 먹혔다. 완전 무대뽀라서 어떤 설명도 먹힐 것 같지 않았다.

'읽어라. 이 사람의 마음……'

별수 없이 순간독심을 사용했다. 두 다리에 힘을 주고 반지를 문질렀다. 살짝 맥이 풀리는 것과 동시에 중년의 마음이 읽혀졌다.

—C8, 기왕에 버린 몸, 내가 겁날 게 뭐람.

—먼저 맡으면 다야? 차 댔다고 사람을 개무시하는 놈들. 어디 갈 데까지 가보자고.

탁대는 휘청거리는 몸을 세우며 정신을 가다듬었다. 중년의 생각을 알았다. 그는 지금 오기 싸움을 하고 있는 것이다. 자리 주인은 이성적인 듯 보이지만 탁대가 없는 동안에 모멸적인 말을 퍼부은 게 틀림없었다. 왜 아닐까? 여긴 그의 자리이고 주변 사람들은 다 그의 편이었다.

"아, 당신 뭐 하는 거야? 빨리 조치하지 않고!"

분위기를 살피던 자리주인은 탁대를 다그쳤다. 순간, 엄청난 일이 벌어졌다. 중년이 화물차에서 시너 통을 꺼내든 것이다.

"……!"

"이 C8 새끼들, 완전 짜고 치는 고스톱이야 뭐야? 나 저번에 여기다 잠깐 차 세웠을 때 빵꾸낸 거 그거 너 아니야?"

돌발 상황.

중년은 확실한 앙심을 품고 온 게 틀림없었다.

"이봐요. 아저씨!"

"조까라마이싱, 공무원 새끼들도 다 한통속이야!"

달아오른 중년은 시너통을 열어 차 주변에 콸콸 쏟았다.

"미친 인간, 어디 한 번 붙여봐라. 불붙일 용기라도 있냐?"

주민 몇 명을 등에 업은 자리 주인이 중년을 향해 깐죽거렸다. 설마 하는 사이에 중년이 라이터를 꺼내 들었다.

"하라면 못 할 줄 알아?"

"오냐. 어디 한 번 해봐라. 불나면 보험료 좀 받아보자."

"에이, C8!"

찰칵!

경쾌한 소리와 함께 라이터에서 불꽃이 솟았다. 감정이 극한에 달한 중년이 앞뒤 돌아보지 않고 불을 당긴 것이다.

"C발 놈들아, 어디 한번 갈 데까지 가보자!"

"으악!"

중년이 라이터를 던지려는 순간, 기세등등하던 자리 주인의 눈자위가 일그러지더니 비명이 터져 나왔다.

'붙어라!'

탁대는 긴박하게 접착 마법을 발현시켰다. 중년의 손에서 흘러내리던 라이터가 간신히 손바닥 끝에 걸렸다. 몸을 날린 탁대는 라이터를 뺏어 멀리 던져 버렸다.

"후아~!"

놀란 자리 주인은 제자리에 주저앉아 버렸다.

"……?"

마법이 풀리자 중년도 놀란 표정이었다. 오기에 받쳐 불을 지르려 했지만 뒷감당을 생각지 못했던 그. 어쨌든 불이 나지 않자 몹시 안도하는 표정이었다.

"내, 내가 차를 빼겠소."

그 말은 두 사람의 입에서 동시에 나왔다. 무대뽀 인간을 만나 겁에 질린 자리 주인과 대형사고 칠 뻔한 중년 모두가 한발 물러선 것이다.

'다행이네.'

결국 중년이 화물차를 몰고 가버리자 탁대의 마음도 놓였다. 과정은 아슬아슬했지만 해결이 되었으니 다행이었다.

시계를 보니 11시에 가까웠다. 다시 동기를 모임에 합류할까 싶었지만 마법과 함께 신경을 쓴 덕분인지 피로가 몰려왔다.

터덜터덜 걷다 보니 은 과장의 아파트가 근처에 보였다. 불도 환하게 켜져 있다. 좀 아쉬웠다. 탁대가 과장이라면 회식 중인 신규를 부르지 않고 직접 나와서 해결했을 것 같았다.

그때 낯익은 차 한 대가 아파트로 접어들었다.

'송 주임님 차?'

차는 아파트 주차장에 멈췄다. 차 앞에 나와 전화하는 송 주임이 보였다. 이어 은 과장이 아파트에서 나왔다. 쪼르르 달려가 인사를 하는 송 주임. 그리고 뭔지 손에 든 작은 상자를 건넨

다. 작은 상자가 탁대의 눈에 꽂혀오며 팔호의 말이 스쳐 갔다.

'근무성적 평정기간이라 부서장에게 뇌물을 먹이는 사례를 감찰 중⋯⋯.'

뇌물!

오 마이 갓.

평상시 송 주임은 뇌물과 멀어보였다. 그러니 저 상자는 뇌물이 아닐 수도 있다. 어쩌면 은 과장이 심부름을 시켰을 수도 있고⋯⋯.

하지만 그래도 속물적인 의심이 가는 건 어쩔 수 없었다.

'쩝, 투시가 아쉽네.'

탁대는 한숨을 쉬었다. 스톤헨지의 계곡에서 날려 버린 또 하나의 마법. 그걸 익혔더라면 간단히 해결할 수 있는 궁금증이었다.

'대마법사님에게 한번 떼를 써볼까?'

은 과장에게 90도로 허리를 숙여 인사하는 송 주임을 보며 탁대는 발길을 돌렸다.

집에 도착한 탁대는 샤워를 하고 책상 앞에 앉았다. 2차를 마친 동기들에게서 문자가 들어왔다. 일부는 끝내 3차를 강행하는 모양이었다.

답 문자를 날리고 서랍을 열 때 영국에서 가져온 송아지 가죽이 눈에 들어왔다. 탁대는 그걸 꺼내 글자를 더듬었다.

공무원 조직.

그곳은 양파 같은 습성을 가지고 있었다. 다 벗겼나 하면 안에 남은 게 있고, 남은 게 있나 하면 비어 있는 곳. 사람들 관계도 데면데면해 보였다.

소위 종이 한 장 인생이라는 자조가 원인으로 보였다. 오래 같이 있어야 2, 3년. 그러다 보니 현안으로 부딪치는 현 부서보다 이전에 있던 부서 사람들 하고 친한 게 공무원이었다.

가죽을 뒤로 넘겼다. 이건 정말 낙서에 불과한 것일까? 탁대는 호기심이 들어 선배의 도서관에서 가져온 책을 펼쳤다. 혹시 똑같은 구절이 있나 궁금해서였다.

몇 장을 넘기다보니 졸음이 쏟아졌다. 추운데서 들어온 몸이 녹으면서 피로가 몰려온 것이다.

'로르바흐……'

탁대는 침대에 누워 대마법사를 호출하며 잠이 들었다.

오늘도 꿈속의 궁전은 신비감이 가득했다. 그리고 영화 세트장의 조명처럼 아련한 불빛 아래 로르바흐가 서 있었다. 슈리아는 보이지 않았다.

"원하는 게 무엇인가? 그걸 먼저 들어 주겠네."

로르바흐가 두 손을 펴자 오방색의 빛이 피어올랐다.

"원하는 게 있긴 한데……."

"말해 보시게."

"됐으니까 머리나 맑게 해주세요."

탁대는 실리를 택했다. 로르바흐라고 모든 게 가능한 건 아니기 때문이었다.

"에둘러 말하는 걸 보니 진짜 마음에 둔 게 있나보군?"

"솔직히 말해 볼까요?"

"그러시게나. 그대는 이 세계의 주인인 것이니."

"투시 마법 배우는 법 좀 알려줘요."

"……?"

"안 된다고 하려는 거죠?"

"……."

"뭐, 한 번 찔러본 거니까 그렇게 심각하게 반응할 필요 없어
요. 그게 좀 필요할 거 같아서……."

로르바흐는 또 정색을 하는 모양이다. 손에 피어올랐던 신묘
한 빛이 사라진 걸 본 탁대는 어깨를 으쓱해 보였다.

"송아지 가죽에서 힌트를 얻은 것인가?"

"그건 짝퉁이라면서요."

"……."

"그럼 설마 거기에 투시 마법의 비밀이?"

"후우, 이것 참……."

로르바흐가 고개를 저었다. 입장이 난처한 모양이었다.

"대마법사님!"

"하긴 이것도 운명이겠지. 그렇다면 더 이상 숨길 일도 아닌
것 같고……."

"대체 무슨 말을 하는 건지……."

탁대는 로르바흐를 주목했다. 그 역시 탁대를 뚫어져라 바라
보더니 천천히 입을 열었다.

"그대가 사온 그 기념품, 그 송아지 가죽에 투시의 마법주문
이 담겨 있다네."

"어, 어디에요?"

"뒷면… 어떤 인간이 앞뒤 다 자르고 용케도 핵심 주문만 옮겨 두었더군."

"그게 정말입니까?"

"천박한 마법을 한 개도 아니고 두 개나 알려준 마당이라 그것만은 그냥 넘어가길 바랐네만, 그 치졸한 마법이 그대를 따라왔으니 그대가 주인임에랴."

'아!'

"방법은 똑같네. 31 소수의 밤 자정에 첫 31 소수의 초에 서른한 번……."

"그렇게 하면 순간투시가 가능해지는 건가요?"

"물론!"

"고맙습니다. 고맙습니다."

"고마울 건 없네. 내 그 허접한 마법을 만든 후에 후회에 후회를 거듭했네만 알고 보니 어쩌면 오늘을 예비한 것인지도 모름이라."

"대마법사님의 이름에 누가 되지 않도록 긴요한 때에만 사용하도록 하겠습니다."

탁대는 로르바흐를 향해 진심 어린 경배를 올렸다.

*　　　*　　　*

연수흠이 사표를 내자 묘한 소문이 돌기 시작했다.

전직 복지부 차관 아들.

차관!

이 얼마나 높은 자리인가?

공무원이라면 그야말로 하늘 위의 하늘이다. 지자체 이후 시장의 위상이 높아졌다지만, 굳이 직급으로 따지면 작은 시의 시장은 3급 부이사관에 불과하다. 차관하고는 감히 얼굴을 맞댈 자리가 아니었다.

탁대는 새삼 연수흠이 멋지게 보였다.

그 정도라면 슬쩍 과시할 수도 있었다. 더구나 이팔호 같은 인간을 보라. 그런데 연수흠은 일언반구 내색을 안 했다. 그건 임용된 후에도 마찬가지였다. 동기 중의 누구도 그가 차관의 아들이라는 사실을 짐작조차 못 했던 것이다.

하지만!

연수흠의 사직은 탁대에게 불똥이 튀게 만들었다. 불똥을 던진 사람은 바로 처세의 대가, 용 팀장이었다.

"자네 연수흠 알지?"

그가 사표를 낸 며칠 후에 용 팀장이 눈을 부라리며 물었다. 목소리에서 시베리아의 찬바람이 횡횡 불었다.

"동기였습니다만……."

"그거 말고 그 친구 부친이 중앙부처의 차관이라는 걸 알고 있었냐는 거야?"

"몰랐는데요?"

"그게 말이 돼? 동기가 차관의 아들인 걸 몰랐다는 거야?"

"우리 동기들 중 누구도 몰랐습니다만, 그게 무슨 문제가 됩니까?"

"내 말은······."

버럭 목소리를 높인 용 팀장은 잠시 숨을 고르더니 싸늘하게 말을 이었다.

"자네가 고관대작의 친인척이라는 말을 흘리고 다닌다는 말도 있어."

"팀장님?"

"아닌가?"

"어디서 들었는지 모르지만 그런 일 없습니다. 뭐 하러 없는 일을 만들어 허세를 부리나요?"

탁대는 당당하게 응수했다.

"콩가루 기수 같으니라고. 동기들 인적 사항도 제대로 몰라?"

용 팀장은 괜한 불만을 터트리고는 콧김을 뿜으며 돌아섰다.

탁대는 어이가 없었다. 동기면 동기들 일신상의 일까지 다 알아야 한다는 말인가? 그리고 그걸 왜 알아야 하는데?

"이해하게. 저 친구, 헛다리 짚고는 히스테리 작렬하는 거야."

언제 다가왔는지 황 팀장이 뒤에서 말했다. 그가 내민 커피를 탁대가 받아들었다.

"자넨 모르겠지만 용 팀장은 줄서기의 달인이라네. 승진에 도움이 될 만한 인맥은 귀신처럼 찾아내서 관리하지."

'아부 떠는 거 말이군요.'

탁대는 입안에 맴도는 그 말을 그냥 넘겨 버렸다. 아무 말이나 내뱉는 것은 직장에서 금기였다. 언젠가 다시 화살이 되어 탁대에게 날아올 수도 있으므로.

"시상식이잖아? 강당으로 올라가 봐."

황 팀장이 탁대 등을 밀었다. 그러고 보니 곧 유공 공무원 시상식이 시작될 시간이었다.

"첫 상이지? 사실 종이 쪼가리 하나에 불과하지만 축하하네."

황 팀장이 손을 내밀었다. 탁대는 그 손을 잡은 후에 강당으로 향했다.

"이어, 조 주사. 시장상 탄다고? 축하해!"

4층 계단을 돌아설 때 저만치 국장실 앞에서 장광백이 손을 흔들었다. 탁대는 꾸벅 인사를 하고 계단을 올랐다.

〈시정발전유공상―지방행정서기보 조탁대〉

상을 받는 사람은 모두 8명이었다. 탁대는 신규였기에 마지막으로 상장을 받았다. 부상으로 남녀 손목시계 세트가 주어졌다.

"기록이군. 시보가 유공상이라니……."

시장을 대신해 나온 부시장이 미소를 머금으며 말했다.

*   *   *

"탁대 씨, 한턱내야겠어요?"

사무실로 돌아오자 윤아가 제일 먼저 반겨주었다. 혜자와 명하도 좋아했다.

하지만 다른 사람들의 표정은 그저 그랬다. 특히 용 팀장의 얼굴은 긍정으로도 부정으로도 인수분해가 되지 않을 기묘한 표정이었다.

드드드드!

진동을 타고 축하 문자도 많이 날아왔다. 동기들이 보낸 축전이었다. 그 알짬은 바로 꽃이었다. 혜자가 자판 커피와 함께 장미 한 송이를 내민 것이다.

"고마워!"

진심이었다. 남들처럼 화려한 꽃다발은 아니었지만 공무원이 되고나서 처음 받는 꽃이었다. 기분이 업된 탁대는 윤아와 혜자, 명하를 데리고 점심 턱을 냈다. 용 팀장에게도 말했지만 그는 선약이 있다며 차갑게 거절했다.

아담한 일식집의 정식. 맛있었다. 탁대는 임시 아방궁(?)을 차려놓고 여자 직원들의 열렬한 성원을 받았다. 미토콘드리아가 평소보다 몇 배나 많이 펑펑 돌아가는 것만 같았다. 이건 좋은 징조였다.

식사를 마친 탁대는 다시 현장 점검에 나섰다.

봉황시는 그리 크지 않지만 돌아볼 곳은 많았다. 아무리 작은 도시라고 해도 차량이 넘치고 또 넘치는 곳이 바로 대한민국이니까.

"조탁대 씨?"

막 단속차량 앞에 섰을 때 한 남자가 탁대를 불렀다.

"누구시죠?"

탁대는 남자를 바라보았다. 낡은 옷이지만 약간의 긴장감이 깃든 모습, 게다가 어깨에는 쓸 만한 카메라를 매고 있는 폼이

딱 허접한 기자의 상이었다.

"나 봉황타임스 고 부장입니다."

내민 명함을 물끄러미 바라보는 탁대. 그는 짐작대로 기자였다.

하지만 신문사 이름은 낯설고 또 낯설었다. 저 유명한 조중동도 아니고 봉황타임스라니?

"이번에 임용된 신규인데 표창을 받았다길래 취재차 왔습니다."

"아, 네……."

대답을 하면서 생각해 보니 신문사 생각이 났다. 공무원이 되기 전, 여기저기 버려진 신문을 주워본 적이 있었다. 바로 그 지역 신문사였다.

"잠깐 시간 좀 될까요?"

"죄송합니다. 지금 관할구역 점검차 가는 길이라서……."

"그럼 사진이라도……."

고 기자가 카메라를 겨누었다. 하지만 그는 금세 죽상이 되었다.

"엇, 배터리 데드네?"

"……."

"저기 어디로 나갈 건가요? 기왕이면 현장 사진도 괜찮을 것 같은데……."

"봉황동 민속생태 박물관 쪽입니다."

"알았습니다. 혹시 다른 데로 가면 연락 좀 주세요."

기자는 그 말을 남기고 돌아섰다.

"우와, 탁대 오빠 이제 유명 인사 되겠네."

지켜보던 혜자가 웃었다.

"지역 신문도 신문이냐?"

"어머, 모르는 소리 마세요. 어차피 중앙지들은 큰 사건이 아니면 관심도 없잖아요? 그러니까 우리한테는 경기도 쪽 일간지나 지역 신문 기자들이 시어머니 꼴이라고요."

"그래?"

"간부들 하고 시의원들도 신경 많이 쓰거든요. 그러니까 기사나 잘 써달라고 하세요. 여기서 일하려면 지역 기자들하고 친분도 필요한 것 같더라고요."

"가기나 하자."

탁대는 조수석에 앉았다. 핸들을 잡은 혜자는 익숙하게 정문을 빠져나갔다.

민속생태 박물관 진행방향 도로에도 불법 주차는 여럿 있었다. 그중에는 고등학생 운전자도 끼었다. 수능이 끝나고 면허를 따자 자기 아버지 차를 끌고 나온 모양이었다.

"한 번만 봐주세요. 아빠가 알면 저 죽어요."

학생 옆에는 미니스커트의 여자 친구가 보였다. 느낌이 왔다. 여친 앞에서 폼 한 번 잡으려다 딱 걸린 것이다.

'네 미래를 위해서야.'

탁대는 대의를 머리에 그리며 과태료를 부과했다. 돌아서는 탁대의 등에 학생이 Fuck You를 날렸다. 못 본 척했다. 생각 같아서는 손가락 끝에 불덩이를 주렁주렁 매달아주고 싶지만 세상인심이 그런 것을 탓해서 무엇할까?

"진짜 요즘 애들 문제라니까요."

혜자가 혀를 찼다.

"딱지 끊었으니까 별 볼 일 없다는 거잖아?"

"그러니까 그렇죠. 잘못을 인정하는 사람은 하나도 없어요. 다들 재수 없어서 걸렸다는 식이지."

"그럼 우리가 재수 없는 사람들인가?"

"뭐 단속되는 사람들 입장에서는⋯⋯."

너무 적나라한 질문을 한 걸까? 혜자는 말끝을 흐렸다.

자리를 옆으로 옮겨 박물관 쪽으로 향했다. 그때 고 기자의 차량이 탁대 앞쪽에 멈췄다.

"조탁대 씨!"

"⋯⋯."

"박물관 쪽으로 갑니까?"

"네."

"알았습니다. 파킹하고 올게요. 박물관 앞에서 만나요."

탁대가 대답하기도 전에 고 기자는 차를 몰고 공영주차장을 향해 달려갔다.

"진짜 왔네?"

명하가 차 꽁무니를 바라보며 말했다.

"그러게. 기사 크게 내주려나?"

혜자도 먼 도로를 바라본다.

"가자고. 어차피 잘 보지도 않는 지역 신문인데⋯⋯."

탁대는 두 여자를 재촉했다.

박물관 앞은 약간 혼잡했다. 유치원 어린이들이 단체관람을
온 모양이었다. 노란 스쿨버스에서 귀여운 병아리들이 내리고
있었다. 아이들은 또 다른 인솔 교사 주변으로 옹기종기 모여들
었다. 하지만 박물관과는 약간 거리가 있었다. 노란 직선과 흰
색 선이 걸치는 곳에 선 중형버스 때문에 다른 차량들의 줄이
생긴 까닭이었다.

"저쪽 차량 좀 정리해야겠는 걸?"

"우리가 갈게요."

탁대가 걸음을 떼려하자 혜자가 먼저 나섰다. 탁대는 잠시 숨
을 돌리며 유치원 아이들을 바라보았다. 귀여웠다. 아이들은 다
그렇다. 마치 하늘에서 갓 내려온 생명들처럼.

차를 세운 고 기자가 도로 끝에서 다가오고 있었다. 조용한
박물관과 귀여운 아이들, 흐린 하늘에 깔린 적막감까지 더해 잠
시 세상이 멈춘 것 같은 착각이 드는 순간이었다.

하지만 그 정적은 오래가지 않았다. 박물관 도로에서 언덕으
로 이어지는 경사진 도로에서 불길한 소리가 들려왔기 때문이
었다.

우우우~!

그 소리는 흡사 좀비들의 통곡처럼 음산하면서도 빨랐다. 탁
대는 천천히 고개를 돌렸다. 그 짧은 시간에 주변에 있던 사람
들의 입에서 동시에 비명이 터져 나왔다.

"까아악!"

그 비명에는 혜자와 명하, 심지어는 고 기자의 것까지 섞여
있었다. 뿐만이 아니다. 유치원 차량 뒤에 선 차의 기사와 도로

여기저기를 걷던 행인들도 비명에 목소리를 보탰다.

콰아아아!

탁대는 눈앞에 벌어지고 있는 현상을 의심했다. 악몽일까? 언덕 위에 멈춰 있던 화물 트럭에 미친 듯한 가속이 붙고 있었다. 그 뒤쪽에서 허겁지겁 달려오는 화물차 기사가 보였다.

브레이크가 풀렸다!

뇌는 눈에 들어온 정보를 분석해서 빠르게 결론을 내렸다. 얼른 뒤를 돌아보았다. 유치원 차량에서는 아직도 아이들이 내리고 있었다. 이미 내린 아이들만 해도 80여 명.

"탁대 오빠!"

혜자와 명하의 목소리가 귀청이 찢어지도록 치고 들어왔다. 고 기자와 유치원 선생님들은 쓰나미처럼 달려드는 트럭을 확인하고는 그대로 얼어붙어 버렸다. 유치원 차량을 향해 수직으로 달려드는 트럭. 충돌하면 아이들 대부분이 사상을 당할 일이었다.

'탁대야!'

이명으로 마더의 목소리가 메아리를 이루었다.

'빨리 피해!'

마더의 목소리는 수없이 분열하며 탁대의 의식을 흔들었다.

콰콰콰콰!

트럭은 이제 10여 미터 앞. 탁대는 울부짖으며 달려오는 혜자를 보았다. 본능적으로 카메라를 꺼내 드는 고 기자도 보았다. 유치원 선생님들은 주변의 아이들을 꼭 껴안고 눈을 감아버렸다. 한두 아이가 아니니 아예 포기해 버린 모양이었다.

'대마법사님!'

탁대는 마른침을 넘겼다. 탁대가 죽으면 로르바흐도 죽는다. 탁대를 위해서도, 마더를 위해서도, 나아가 로르바흐를 위해서도 탁대는 피해야만 했다.

"탁대 오빠!"

애절하게 절규하는 혜자의 목소리를 끝으로 탁대에게는 아무 소리도 들리지 않았다. 탁대는 두 손을 뻗었다. 그리고 맹렬하게 트럭을 노려보았다.

'순간접착!'

가능할까?

두려움과 의문이 달려들었지만 한 번 더 회의할 시간조차 없었다.

'후웁!'

탁대는 온 의지를 전부 몸에 실었다. 그리고 의지가 터져라 마법을 외쳤다.

"순간 접착!"

장풍을 날리듯 기를 모아보지만 트럭은 멈추지 않았다.

"멈춰, 멈추라고!"

"멈춰어!"

멈춰어어어어어어어어어!!!

탁대는 마지막 한 올의 피까지 모두 모아 마법을 뿌렸다. 괴물 같은 트럭은 꿀럭꿀럭 악몽처럼 가까워졌다.

죽는다!

세포가, 미토콘드리아가, 나아가 모든 감각이 떨고 있다. 생체의 모든 기관들이 본능적으로 맹렬한 경고등을 반짝거렸다.

하지만 탁대의 등 뒤에는 백여 명의 아이가 있었다. 시의 질서를 책임진 한 사람으로서, 공익을 수행하는 공무원으로서 결코 비겁하고 싶지 않았다.

"으아아아아!"

목이 찢어질 듯한 외침과 함께 탁대는 눈을 감았다. 쭉 뻗은 손에, 차가운 트럭의 금속판이 닿았다. 육중한 무게감과 함께 살아온 많은 날이 주마등처럼 스쳐 갔다.

유치원 시절, 첫 소풍 길에 다리가 아파 주저앉아 울던 모습.

초등학교 때 좋아하는 여자애랑 짝꿍이 되는 바람에 숨도 제대로 못 쉬던 날.

첫눈에 반한 여학생을 보려고 날마다 같은 시간에 버스정거장으로 나가던 중2.

기개는 서울대를 가고도 남았지만 결국 지잡대에 추가합격하고 현실을 깨닫던 날.

그리고 그 서럽고 애달프던 백수 시절.

생애 처음으로 뿌듯함을 느끼던 공무원 합격······.

'어머니··· 죄송해요.'

사력을 다해 디딘 뒷발이 주룩 밀리는 순간, 탁대는 그 말과 함께 의식을 놓았다.

*   *   *

"탁대 오빠!"

아련한 의식 속으로 혜자의 외침이 들어왔다.

"탁대 오빠!"

이어지는 잡음들.

웅성웅성!

저승으로 가는 걸까? 탁대는 메스꺼움을 무릅쓰고 가만히 눈을 떴다.

처음에는 모든 풍경이 두 겹, 세 겹으로 겹쳐 보였다. 다시 감았다 뜨니 유치원 아이들이 보였다. 탁대를 둘러싼 아이들은 수심이 가득한 얼굴이었다.

눈동자를 굴리는 탁대 볼에 눈물이 톡 떨어졌다. 그쪽으로 시선을 돌리자 낯익은 얼굴이 보였다. 혜자와 명하였다. 카메라를 돌리는 고 기자도 보였다.

"아저씨가 깨어났어."

아이들 뒤에서 유치원 선생님이 소리쳤다.

"와아아!"

아이들이 일제히 박수와 함성을 질렀다. 쓰러진 머리 뒤로 육중한 물체가 느껴졌다. 고개를 돌려보니 트럭이었다. 유치원 통학차량과의 거리는 불과 2미터 정도. 아슬아슬한 거리에 멈춰 있었다.

'마법이 통했어.'

그랬다.

결국은 탁대가 해낸 것이다. 로르바흐의 마법이 통한 것이다.

"혜자 씨······."

"굉장했어요. 탁대 오빠!"

눈물을 그렁그렁 머금은 혜자가 보란 듯이 엄지를 세워 보였다. 그 뒤의 고 기자도 엄지를 세워주었다.

잠시 차올랐던 맥이 다시 풀리는 순간, 멀리서 경찰차와 앰뷸런스가 폭주하는 소리가 들렸다.

띠뽀띠뽀!

탁대는 119 구급대 차에 타기 위해 들것에 올려졌다. 문이 닫히기 전, 아이들은 눈물을 글썽이며 고사리 손을 모아 탁대의 안녕을 기도했다. 구급차의 문이 닫히는 것과 동시에 탁대는 다시 정신을 잃었다.

"일어나시게!"

"······."

"눈을 떠도 된다네."

로르바흐의 목소리가 안개처럼 부드럽게 탁대의 귓전에 밀려들었다.

"헉!"

탁대는 비명을 지르며 상체를 일으켰다. 그의 몸은 오색의 빛을 이룬 웅덩이 속에 있었다.

"수건을 내드려라."

로르바흐가 고개를 돌리자 그 옆에 선 슈리아가 수건을 내밀었다.

"내가 죽은 건가요?"

"어떻게 생각하나?"

로르바흐는 아련한 미소를 머금은 채 탁대를 바라보았다.

"죽었겠죠. 대형 트럭이었으니……."

그렇게 말하며 손을 보았다. 트럭에 깔렸으면 납작쿵 오징어 꼴이 되어 푸르딩딩하게 변했어야 할 텐데 아주 멀쩡해 보였다.

"대마법사님?"

"뭘 상상하시는가?"

"죽지 않았으면 혹시… 식물인간이나 뇌사?"

"그럼 어쩔 텐가?"

"제가 충격을 받을까 봐 그러시는 거라면 괜찮습니다. 솔직히 죽을지도 모른다는 생각도 했으니까요."

"그런데 왜 목숨을 초개처럼 던졌나?"

"도망치면 쪽팔리잖아요. 거긴 제 관할구역인데……."

"쪽이라……."

"게다가 자기 배를 버리고 튀는 인간도 본 까닭에……."

탁대는 가만히 웃었다. 그때 그 인간을 얼마나 비난했던가? 따라서 후회 따위는 없었다. 다만 로르바흐에게 미안할 뿐.

"미안하지만……."

"……"

"그대는 죽지 않았네. 아주 멀쩡해."

"정말요?"

"지금 잠시 쉬고 있는 거라네. 물론 전혀 아무렇지 않은 건 아니고……."

"아이들은요? 잠깐 괜찮은 걸 보았는데 꿈인지 생시인지 잘 모르겠어요."

"다 무사하네. 아마 지금쯤 그대를 위해 기도하고 있을지도 모르지."

"대마법사님이… 도와주신 건가요?"

"천만에. 알지 않는가? 나는 아직 그대의 꿈속에서만 숨 쉬는 생명체라는 거."

"그럼……."

"무모했지만 그대의 마법이 트럭을 세웠네. 아주 간발의 차이었어."

"간발의 차이?"

"아마 미량의 에너지만 모자랐어도 우리는 지금쯤 천국에서 만나고 있을 걸세. 아니지, 지옥일 수도."

"좀 더 설명해 주세요."

"그대의 간절함이 트럭과 닿는 순간, 접착 마법이 극한치를 이루어 냈네. 다행히 트럭이 멈춘 곳이 평지라 마법이 풀린 뒤에도 더 이상의 진행은 없었고."

"아!"

"그대의 용기에 찬사를 보내네."

"대마법사님!"

"나도 많은 걸 깨달았다네. 소위 대마법사라면서 과연 누구를 위해 목숨을 걸었던 적이 있었나 하고 말이야."

"저도 실은 얼떨결에……."

탁대는 얼굴을 붉힌 채 뒷덜미를 긁었다.

"골수에 맺힌 힘까지 쓴 까닭에 당분간 쉬어야 할 걸세. 쉬는 시간도 잘 이용하면 그대에게 도움이 되겠지."

로르바흐는 그 말을 남기고 안개를 따라 사라졌다.

"대마법사님!"

탁대는 로르바흐를 부르다 잠에서 깨었다. 그러자 놀란 간호사가 버럭 소리를 질렀다.

"환자가 깨어났어요!"

문이 열리면서 마더와 동환이 뛰어 들어왔다.

"탁대야!"

마더는 다짜고짜 탁대의 가슴에 얼굴을 묻고 흐느꼈다. 동환역시 눈이 토끼눈인 건 별반 다를 바가 없었다.

"마더……."

"아휴, 우린 네가 죽는 줄만 알았다."

마더의 눈에서 눈물이 폭포를 이루며 쏟아졌다.

"내가 죽긴 왜 죽어요?"

"안 죽은 게 천운이지. 뉴스 화면 보고 내가 몇 번이나 까무러친 줄 아니?"

"뉴스?"

"대체 너, 뭘 믿고……."

동환의 목소리도 젖어간다. 영문을 모르는 탁대는 눈만 꿈벅거렸다. 뒤이어 용 팀장과 은 과장이 한 무리의 기자를 이끌고 들어섰다. 기자들 중에는 고 기자도 보였다.

"이 친구가 바로 우리 봉황시의 영웅 조탁대입니다. 우리 교통과 직원이죠."

은 과장이 친한 척 탁대의 어깨를 짚으며 말했다. 기자들의 카메라 돌아가는 소리가 병실에 울려 퍼지기 시작했다.

"지금 막 우리의 영웅 조탁대 공무원이 의식을 회복했습니다."

갑자기 조명이 켜지더니 생방송이 시작되었다.

"SBBC 오은영입니다. 지금 여러분은 진정한 영웅을 보고 계십니다. 조탁대 씨는 브레이크가 풀린 대형 트럭으로부터 유치원 어린이 백여 명을 구해낸 살신성인의 표본입니다. 이기주의가 만연한 이 시대에 영웅은 가까이 있었습니다."

멘트가 나오는 동안에도 카메라들은 계속해서 탁대를 찍어댔다.

"배를 버리고 도망가는 선장도 있는데요, 어떤 각오로 트럭을 막아내신 겁니까?"

기자가 마이크를 들이밀었다. 탁대는 용 팀장을 바라보았다. 하지만 그는 상사라는 티를 팍팍 내면서 탁대를 재촉할 뿐이었다.

"그, 그게……"

"과학자들 말로는 인간의 힘으로는 도무지 할 수 없는 일을 해낸 거라더군요. 다들 조탁대 씨의 마음에 하늘이 감동해 내린 기적이라는데 어떻게 생각하시죠?"

"저는 그냥……"

"트럭이 달려들 때 죽는다는 생각, 안 해 보셨습니까?"

"그야 당연히……"

"그런데도 몸을 던져 트럭에 맞선 건가요?"

"어린이들이 위험하니까… 아마 누구라도 그렇게 했을 겁니다."

"그렇군요. 조탁대 씨는 오직 어린이들을 구하겠다는 일념으로 트럭을 막았고, 그 결과 기적이 일어났습니다. 국민 여러분, 국민의 진정한 공복인 조탁대 씨에게 아낌없는 박수를 부탁드립니다."

"마더… 이분들 좀……."

탁대는 마더를 향해 SOS 신호를 보냈다. 물으니 대답을 하기는 하지만 자꾸만 몸이 늘어졌다. 안으로 굉장한 데미지를 입은 게 분명해 보였다.

"다들 나가주세요. 우리 탁대는 안정을 취해야 합니다."

마더의 힘은 위대하다. 신호를 받자마자 기자들을 단숨에 내밀어 버렸다. 하지만 문은 닫지 못했다. 그 앞에 노란 병아리들이 가득 복도를 메우고 있었기 때문이었다.

"탁대야……."

이번에는 마더가 탁대에게 처분을 요청했다. 탁대는 보았다. 아이들 손에 들린 장미 한 송이. 아이들은 생명의 은인인 탁대를 바라보며 깊고 순박한 눈을 깜박거렸다.

탁대는 손가락을 까닥거려 아이들을 불렀다. 아이들의 행렬은 끝도 없었다. 사고가 날 뻔한 유치원 아이들이 총출동한 모양이었다. 아이들이 놓은 꽃 역시 금세 산을 이루었다.

"진심으로 감사드립니다. 선생님!"

원장과 원감 이하 유치원 선생님 열한 명이 앞줄에서 무릎을 꿇고 고마움을 표시했다. 뒤를 이어 아이들이 합창을 했다.

"고맙습니다. 선생님!"

초대형 사고를 막아준 조탁대. 원장 입장에서는 백번 절을 해도 모자랄 판이었다. 아이들은 바글바글 탁대에게 다가와 고맙다는 인사를 전했다. 그러자 겨우 쫓아냈던 기자들이 다시 들어와 그 광경을 찍어 댔다. 은 과장과 용 팀장은 슬쩍 탁대 옆에 서서 또 애틋한 표정 연기를 하기 시작했다.

아이들이 나가기 무섭게 이번에는 시장과 부시장, 의장과 국장단 등이 들이닥쳤다. 물론 연락을 때린 사람은 용 팀장이 분명했다.

"최고였네! 자네 덕분에 우리 봉황시 이미지가 확 올랐어."

시장이 엄지를 세웠다. 시장 뒤에 도열한 국장들과 시의원들도 아낌없는 박수를 쳐 주었다. 시장에 이어 의장의 손을 잡던 탁대는 맥이 풀리면서 늘어지고 말았다.

다시 정신이 들었을 때 병실에는 마더만 남아 있었다. 보호자용 의자에서 졸던 마더는 놀랍게도 탁대의 정신이 들기 무섭게 눈을 떴다.

"탁대야!"

"마더……."

"괜찮아?"

"그냥… 힘이 하나도 없어요."

"움직이지 말고 푹 쉬어라. 다행히 CT나 MRI상에서는 큰 이상은 보이지 않는데."

"아버지는요?"

"회사 때문에 갔는데 이따가 또 오실 거야. 삼촌하고 작은아버지네도 아까 다녀갔어."

"괜히 저 때문에……."

"당연히 왔다 가야지. 네가 보통 사람이야? 자그마치 애들을 백 명이나 구했는데. 지금 대한민국이 다 난리야."

"그 정도예요?"

"뉴스 한번 보렴. 벌써 이틀 동안 온통 네 얘기뿐이야."

"그럼 내가 여기 온 지 이틀이나 되었단 말인가요?"

"그런 건 신경 끄고 푹 쉬어라. 푹!"

"출근해야 하는데……."

"출근은 무슨 출근? 시장님도 다 나을 때까지는 무조건 쉬게 하라고 네 과장님에게 지시하고 가셨어."

"내 핸드폰 어디 있죠?"

"여기……."

마더가 핸드폰을 내밀었다. 다행히 멀쩡해 보였다. 탁대는 일단 검색부터 해보았다.

'검색어를 뭐라고 넣을까?'

생각할 때 마더가 말했다.

"조탁대라고 쳐 봐라. 이틀 동안 인터넷 검색어 일등 했다더라."

'설마?'

하면서 '조탁' 이라고 입력하자 수많은 자동완성 검색어들이 떠올랐다.

'허얼!'

하마터면 놀라 자빠질 뻔했다. 거기에는 영웅 조탁대부터 봉황시 조탁대, 기적의 손 조탁대, 초능력 조탁대까지 수많은 검색어들이 바글거리고 있었다.

'일단 뉴스 동영상부터!'

터치를 하는 순간 박물관 앞의 사고 장면이 재생되었다. 버스에서 내리는 아이들, 그 근처에 선 탁대. 그리고 쏜살같이 폭주하는 트럭과 두 손을 내밀어 트럭을 제지하려는 탁대의 모습……

'여기야.'

탁대는 화면을 집중했다. 트럭이 쭉 뻗은 탁대의 손에 닿았다. 탁대는 살짝 밀렸다. 하지만 기적적으로 트럭이 멈췄다. 마지막 순간에 사력을 다한 마법이 끝내 트럭을 세운 것이다.

"보고 또 봐도 가슴이 출렁거린다. 너 정말……."

마더가 훌쩍 코를 들이마시며 말했다.

동영상은 고 기자의 작품 같았다. 마침 사고 현장에 있던 그가 영상을 찍어 온갖 방송사와 신문에 제공한 모양이었다.

'이렇게 된 거였군.'

탁대 입에서 한숨이 절로 나왔다. 직접 한 일이지만 영상으로 보니 위험천만한 순간이었다.

국민영웅 조탁대!

캐감동, 이런 공무원이 우리나라에도 있다니…….

대한민국, 아직 희망 있네요. 퐈이야~~

수천 개 이어진 네티즌들의 댓글도 칭찬 일색이었다.

기타 다른 동영상도 많았다. 유치원 어린이는 물론, 고 기자와 은 과장, 심지어는 혜자와 명하의 화면도 있었다. 그 화면들은 대개 사고 당시의 상황이나 탁대의 근무자세, 평판 등에 관한 것이 많았다. 아울러 박복자 여사의 기사도 한몫을 했다. 갑자기 나타난 스타가 아니라 전부터 주민을 위해 살신성인 DNA를 바쳤다는 식으로 부각되고 있었다.

[평소에도 사명감이 투철하고 시민을 우선으로 근무하던 직원입니다.]

은 과장이 한 말이다. 그 표정에는 데스를 뽑은 탁대를 대하던 미묘한 표정은 보이지 않았다. 용 팀장도 빠지지 않았다.

[언젠가는 시민을 위해 크게 한 건 할 줄 알았습니다. 우리 시로서는 복덩이가 굴러들어 온 거죠.]

용 팀장도 뿌듯한 얼굴이다. 말이나 표정에서 탁대에 대한 애정이 콸콸 넘쳐 났다.

'제기랄, 이 양반들이 언제부터 나를 신뢰했다고……'

탁대를 칭찬함으로써 부서장인 자기들의 면을 세워 보려는 은 과장과 용 팀장. 어쩐지 살짝 안쓰럽다는 생각까지 들었다.

"그리고……."

"왜요?"

"너희 여직원들인가 본데 사고 난 날부터 퇴근하면 복도에서 교대로 밤을 새웠어."

"여직원들이요?"

"지금도 있을 텐데?"

마더가 문을 열자 혜자가 눈에 들어왔다. 그녀는 완전 해쓱한 모습이었다.

"혜자 씨……."

"탁대 오빠!"

혜자는 탁대의 목소리만으로도 울먹하는 표정이었다. 탁대는 손가락으로 그녀를 불렀다.

"들어가도 돼요?"

"물론이지. 어서 들어와."

"탁대 오빠!"

병실에 들어선 혜자는 목이 메어서 말도 제대로 하지 못했다.

"왜 그래? 나 아무렇지도 않아."

"얼마나 걱정했는지 몰라요. 우린 탁대 오빠가……."

"죽는 줄 알았지?"

"몰라요. 세상에 대형 트럭을 맨손으로 세우려는 사람이 어디 있어요? 오빠가 무슨 슈퍼맨이에요?"

"어쨌든 사고를 막았잖아?"

"어휴~!"

혜자는 눈에 그렁그렁 맺힌 눈물을 닦아냈다.

"일은 어때? 새로 올라온 민원은 없어?"

"지금 그런 게 문제예요?"

"그래도……."

"지금 시에서는 난리도 아니에요."

"왜? 또 나 때문에 뭐가 문제가 된 거야?"

"그게 아니고……."

"아, 답답하니까 빨리 말해 봐."

"오빠 정신 들면 대통령이 올 모양이에요."

"…엥?"

"아가씨, 지금 뭐라고 그랬어요?"

듣고 있던 마더가 물었다.

"아직 정확한 건 모르는데 청와대에서 연락이 왔대요. 조탁대 씨 깨어나면 보고하라고."

"대통령이 나를 만나러 온다는 거야?"

"용 팀장님 말이 그럴 거 같다고 하더라고요. 국민에게 희망을 준 공직자라고."

헐~! 하고 믿지 않았지만, 그 말은 농담이 아니었다.

*　　　*　　　*

9급 공무원 신드롬!

탁대의 사건은 봉황시의 관심을 넘어 국민적 관심의 대상이 되어 있었다. 그건 몇 가지만 봐도 알 수 있었다.

우선 병원.

날마다 탁대의 병실에는 꽃과 선물이 쌓여갔다. 탁대의 공무원 정신을 높이 산 시민들이 보낸 것이다. 특히 전국 유치원 어린이들의 선물이 압도적이었다. 유치원 연합회에서 주동이 되어 고사리 손으로 접고 쓴 선물과 편지를 보내준 것이다.

> 조탁대 아저씨에게.
> 저는 꼰닢 유치원에 다니는 이승아입니다.
> 우선 우리 친구드를 구해 주셔서 정말 고맙씁니다.
> 아저씨는 어떠케 그러케 용감할 쑤 인나요?
> 저는 커다란 차가 오면 도망쳐쓰 거 가타요.
> 그런데 아저씨는 큰 차를 막아 주언자나요.
> 저는 다음에 크면 아저찌처럼 용감한 9급 공무언이 될 거예요.
> 그럼 빨리 나으세요.
>
> 이승아 올림.

편지들의 내용은 다 비슷했다. 하지만 또박또박 눌러쓴 편지를 읽는 감동은 탁대가 모르던 또 하나의 세계였다.

두 번째는 방송 등의 매체.

오늘도 곳곳의 방송에서 조탁대 신드롬에 대해 열을 올려댔다. 정신분석학자들과 인문학자들이 나와서 온갖 이론을 끌어와 연결시켰고 의학자들은 위기에 처한 인간이 보여줄 수 있는 초능력에 대해서 설명을 했다.

기자들은 탁대가 자는 시간을 제외하고는 병원에 붙어살았다. 오죽하면 시장이 남자 직원 두 명을 보내 병실을 통제해 줄 정도였다.

점심시간이 가까워지자 간호사가 또 한 아름의 선물 카트를 끌고 들어왔다. 이번에는 해외에서 온 선물이란다.

"고맙기는 한데 이 많은 걸 어쩌니?"

옆에 있던 마더가 행복한 한숨을 쉬었다.

"아, 좋은 수가 있어요."

탁대가 고개를 들었다.

"뭔데?"

"복지원처럼 어린이들이 있는 곳으로 보내주세요."

"어머, 그거 좋겠다."

"하지만 몰래 하셔야 될 것 같네요."

"그건 왜?"

"지금도 기자들이 뭐 건수 없나 난리통인데, 복지원에 기부했다고 하면 또 기사감으로 써먹을 거잖아요."

"어머어머, 진짜 그렇네."

마더는 동서인 희아를 호출했다. 다른 때 같으면 온갖 우아한 핑계를 대며 빠졌을 희아지만 이번만은 찍소리 못 하고 달려왔다.

두 사람은 병실에서 선물을 분류했다. 선물은 너무 많아서 자가용 한 대로는 모자랄 지경이었다.

"아야!"

그렇다고 24시간 동안 행복한 것만은 아니었다. 탈진 직전까지 몰린 탁대의 몸. 온갖 영양제와 수액을 달고 살고, 날마다 상태를 체크하다 보니 혈관이 수난을 겪었다.

오늘도 예외는 아니다. 벌써 두 번째 헛손질을 한 간호사는 땀을 삐질삐질 흘리며 또 다른 혈관을 찾아 압박 고무줄인 토니켓을 묶었다.

"안 아프게 해주세요."

탁대가 말하자,

"죄송해요."

하고 울상이 되는 간호사. 딱 보아하니 노련한 고참 같은데 국민영웅이라는 부담감 때문에 긴장을 하는 모양이었다.

"이번에는 성공이에요."

세 번만에야 제대로 혈관을 찾은 간호사가 말했다. 그녀의 이마에 송글 땀방울이 맺혀 있다. 열심히 하려는 모습이 눈에 보이는 간호사. 탁대는 목구멍까지 올라온 불만을 그대로 삼켜 버렸다.

"나, 너 다시 봤다."

선물 분리를 끝낸 희아가 탁대에게 말했다.

"왜요?"

"진짜 자랑스러워. 고생 많았어."

희아가 탁대의 손을 잡았다. 작은어머니지만 그다지 살갑지 않았던 희아. 늘 자기 몫만 주장하고 싫은 일은 얌체처럼 쏙쏙 빠져나가던 그녀였지만 오늘만은 어머니의 느낌이 전해져 왔다.

"에이, 왜 그러세요. 쑥스럽게……."

"하여간, 우리 탁대 파이팅이다!"

우리…….

이 말은 애정의 상징이다. 사람들은 친한 척할 때, 꼭 이 말을 덧붙이니까.

"네, 작은어머니!"

마더가 회아와 함께 선물 꾸러미를 나눠 들고 병실을 나설 때 짜포가 쳐들어 왔다.

"탁대 형!"

"탁대 오빠!"

재광과 수애, 그 뒤로 왕형님 은돌이 보였다.

"괜찮냐?"

은돌이 탁대의 손을 잡으며 물었다.

"그렇게 궁금한데 이제 와요?"

탁대는 슬쩍 볼멘소리를 뱉었다.

"너무 그러지 마라. 우리도 오고 싶었는데 워낙 통제가 심해서 말이야."

"통제요?"

"너 회복될 때까지는 잡인들 면회 금지시키라는 시장님 명령이 떨어졌거든."

"그래요?"

"야, 지금도 직원들한테 사정사정해서 들어온 거다."

"쳇, 그런 결정은 내가 해야 하는 거 아닌가?"

은돌의 말을 들은 탁대가 툴툴거렸다.

"아무튼 오빠, 진짜 다행이다. 별로 다치지는 않았네요?"

탁대 몸에 대한 스캔을 마친 수애가 웃으며 말했다.

"뭐가 다행이야? 겉만 멀쩡하지 속에 있는 기가 완전 중상인데……."

"아무튼 오빠는 진짜 대단해요. 완전 초능력 공무원이라니까."

"그거 아까도 텔레비전에 나오더라."

"초능력 9급 공무원요?"

"아, 나도 그런 초능력 좀 안 생기나? 슬슬 우리 팀장님이 쪼기 시작하는데……."

뒤에 서 있던 재광이 부러운 듯 말했다.

"야, 그런데 혹시 대통령 온다는 소리 들었냐?"

병실 문을 돌아본 은돌이 나지막이 물었다.

"그거 진짜예요?"

크게 믿지 않았기에 눈자위를 구기고 되묻는 탁대.

"우리 동장님이 간부 회의에 들어갔다 오시더니 그러더라고. 어쩌면 대통령이 올 것 같다고."

"으아, 대박!"

듣자마자 설레발을 치는 재광.

"그거 진짜일지도 몰라요."

수애까지 나서서 못을 박는다.

"진짜?"

이쯤 되니 탁대도 귀를 기울이지 않을 수 없었다.

"과장님이 그러시는데 청와대에서 검토 중이래요. 국민들이 죄다 칭송하는 공직자라서 대통령이 관심을 가지고 있다고……."

수애는 진지하다. 보아하니 셋이 짜고 탁대를 골려먹는 건 아닌 거 같았다.

"형, 이러다 특진하는 거 아니야?"

재광이 부러운 듯 말했다.

"야, 탁대가 살린 아이들이 몇 명인데 특진가지고 되냐? 바로 사무관은 시켜줘야지."

"사무관이라고요?"

"아니면 청와대 민정비서관으로 데려가든지."

"비서관이면 대체 몇 급이래요?"

재광은 은돌의 말끝마다 장단을 맞췄다.

"에이, 진짜… 그만들 하세요."

쭉쭉 뻗어나가는 상상의 갈래는 탁대가 알아서 정리를 했다. 그 바쁜 대통령이 왜 9급 공무원을 만나러 온단 말인가?

"아무튼 대단해요. 오빠 덕분에 우리 시 공무원들 위상이 확 올라갔어요. 칭찬 전화가 전국 각지에서 걸려 오고 있다니까 요."

"나도 형이랑 친하다니까 사인 받아달라는 사람까지 있더 라."

수애와 재광은 입을 맞춰 재잘거렸다.

"어이쿠, 이거 점심시간 끝나가네. 그만 가 봐야겠다."

시계를 쳐다본 은돌이 아쉬운 듯 말했다. 다들 점심시간을 이용해서 온 눈치였다. 그렇다면 1시까지 복귀해야 뒤탈이 없다.

"바쁜데 다들 고마워요."

"허튼소리 말고 빨리 회복하기나 해라. 그래야 우리 짜포가 쩐하게 한번 뭉치지."

"형님, 그 말 잊어먹으면 안 돼요."

"걱정마라. 탁대, 너한테 내는 일이라면 내 카드에 구멍 나도 좋으니까."

은돌은 기꺼이 말했다.

"오빠, 빨리 나아요."

"파이팅, 초능력 9급 공무원 조탁대 형."

수애와 재광은 응원의 말을 남기고 은돌을 따라 병실을 나갔다.

탁!

문소리와 함께 정적이 찾아왔다. 혼자 있는 병실은 그리 아름다운 풍경은 아니었다. 탁대는 벽의 달력을 바라보았다. 유화 그림이 편안하게 느껴졌다.

가만히 둘러보니 병원은 최첨단으로 보였다. 침대 앞까지 내려온 텔레비전은 의료기기와 한 몸으로 보였고 바이탈 사인을 표시하는 기계들도 깔끔했다.

'병원이 공무원들 사무기기보다 더 앞서 가네?'

그러다 문득 시선이 달력에서 멈췄다. 탁대가 사고가 난 날은 24일. 그때 탁대는 돌아오는 31일 메르센 소수의 날을 손꼽고 있던 참이었다.

'그럼 지금은?'

마침 복지원에 다녀온 마더가 들어서자 탁대가 물었다.

"오늘이 며칠이에요?"

"27일인데. 왜?"

'27일?'

다행이었다. 아직 31일이 지나지 않은 것이다.

'그 안에 퇴원할 수 있을까? 못 하면 병실에서라도⋯⋯.'

투시 마법을 이루고 싶었다. 그게 갖춰지면 좀 더 요긴하게 쓰일 수 있을 테니까.

"선생님!"

회진 시간이 되어 찾아온 의사에게 탁대가 입을 열었다.

"왜요? 어디 불편한 데가 있습니까?"

의사는 친절했다. 이미 국민적 관심의 대상이 된 조탁대였으니 의사로서도 심혈을 기울이는 모습이 느껴졌다.

"그게 아니고 퇴원은 언제쯤⋯⋯?"

"우리 병원이 갑갑한 모양이군요?"

"아닙니다. 그냥⋯⋯."

"처음보다는 많이 나아졌는데 아직도 각종 대사와 데이터가 같은 나이 대에 비해 떨어집니다. 조금 더 끌어올려야 할 거 같아요."

"저는 처음보다 좀 움직일 만한데⋯⋯."

"뭐, 젊은 분이니 좀이 쑤시겠지만 한 이틀 더 두고 봅시다. 웬만하면 보내 드리겠습니다."

"네⋯⋯."

더는 고집을 부리지 못했다. 머리는 많이 맑아졌지만 근력이나 피로감은 아직 깔끔히 가시지 않은 까닭이었다.

"왜? 시장님도 푹 쉬라고 했는데⋯⋯."

의사가 나가자 마더가 뭉친 담요를 바로 펴주며 말했다.

"갑갑하잖아요? 마더도 힘들고⋯⋯."

"애, 나는 하나도 안 힘들다. 우리 아들을 위해서라면 몇 년을 이렇게 살아도 상관없어."

"알았어요. 한 이틀 더 쉬어 볼게요."

"그래. 너는 쉴 자격 있거든. 밖에 나가봐라. 다들 국민영웅
났다고 난리야, 난리!"

"영웅은 무슨……."

5일.

탁대는 조급하게 생각하지 않기로 했다. 메르센 소수의 날이
다가오지만, 정 안 되면 병실에서도 시도할 수 있는 일이었다.
물론 그림자처럼 붙어 있는 마더를 잠깐 떼어 놓아야 하겠지만.

의사가 첨가한 처방 때문인지 눈꺼풀이 늘어지기 시작했다.

"피곤하면 좀 자렴. 그래야 빨리 회복되지."

마더는 담요를 가슴까지 올려주었다.

얼마나 잤을까? 깜빡 졸다 일어나니 병실이 소란스러웠다.

"무슨 일이죠?"

탁대는 병실을 청소하고 정리하는 두 간호사를 보며 마더에
게 물었다.

"글쎄… 갑자기 정리를 또 해야 한다고 저러네?"

'정리?'

"좀 나중에 하지. 우리 탁대가 겨우 잠들었는데……."

마더는 못마땅한 표정을 지었다. 하지만 간호사들은 그런 불
만에도 아랑곳없이 물품과 의료기기 등의 각을 칼처럼 잡아 댔
다.

"시트 바꿔드릴게요."

한 간호사가 탁대에게 다가왔다.

"이거 아침에 바꿔서 괜찮아요."

"아니에요. 기왕이면 새걸로……."

이어 환자복을 내밀었다.

"아직 깨끗한데……."

"그래도 갈아입으세요."

간호사가 내민 환자복은 처음 개봉하는 신상이었다.

새것, 새것!

탁대 병실의 모든 것은 새걸로 바뀌고 깔끔하게 정돈되었다. 뭐, 기분은 나쁘지 않았다.

"하긴 국민 영웅인데 이 정도 대접은 해줘야지."

간호사들이 나가자 마더가 흐뭇한 미소를 지었다.

"아, 자꾸 왜 그래요? 내가 무슨 영웅이라고……."

탁대는 마더를 탓하며 벌렁 침대에 누웠다. 그러다가 문득 이상한 예감과 맞닥뜨렸다.

'누가 오나?'

학생 때도 그랬다. 장학사가 오는 날이면 그 전날에 대청소가 이루어졌다. 군대도 마찬가지다. 행여 사단장 시찰이나 국회의원단 방문이 있으면 부대가 발칵 뒤집힌다.

청소, 청소, 청소!

정돈, 정돈, 정돈!

새것, 새것, 새것!

그런데 그 일이 병실에서 이루어진 것이다.

'혹시?'

라는 예감은 한강을 타고 북악산으로 달려갔다. 그리고 그 아래에 떡하니 버틴 파란 집에 닿았다. 탁대의 상상은 결코 상상으로 끝나지 않았다. 병실 문이 열리며 백 국장이 들어선 것이다. 그 뒤로는 감사과장과 함께 스트레스 유발자 이팔호의 모습도 보였다.

"조 주무관!"

백 국장은 평소 쓰지 않던 공식 호칭으로 탁대를 불렀다. 긴장한 탁대가 백 국장을 바라보았다.

"곧 높은 분이 오실 걸세."

'높은 분?'

"그냥 자연스럽게 맞이하면 되니까 그렇게 알게나."

"누, 누가 오시는데요?"

옆에 서 있던 마더가 조심스럽게 물었다. 그러자 잠시 침묵하던 백 국장이 비장하게 말을 이었다.

"대통령께서 조탁대 주무관을 위문하시겠답니다."

콰앙!

탁대의 뇌에 번쩍 번개가 쳤다.

우르릉!

천둥도 울렸다.

'대통령이 온다고?'

탁대는 피부가 확 수축되는 것을 느꼈다.

7장

땡큐, 특진

"오시냐?"

탁대가 꼬나보며 물었다. 대화의 상대는 팔호였다. 감사과장
은 팔호에게 병실 안전을 책임지우고 나갔다.

"아직……."

창밖을 바라보는 팔호는 살짝 걸레 씹은 얼굴이었다. 하긴 왜
아닐까? 감사관실로 떨어졌다고 온갖 힘을 주고 다니던 인간이
다. 그런데 발밑으로 보던 탁대가 빅 스타가 되어버린 것이다.

"물 좀 따라와라."

탁대는 일부러 냉장고를 가리켰다.

"……."

"물!"

다시 한 번 느긋하게 윽박지르는 탁대.

"내가 가져다줄게."

분위기를 알 리 없는 마더가 일어섰다.

"마더는 그냥 계세요."

탁대는 물러서지 않으며 말을 이었다.

"너네 과장님이 한 말 잊었냐?"

"……"

"마더, 밖에 감사과 다른 직원 있으면 좀 불러주세요."

"아, 알았어요. 가져다 드립니다."

팔호는 그제야 냉장고 문을 열었다.

"거기 푸딩 있지? 하나 먹어라."

"……"

"먹으라고."

"그러죠."

팔호는 마지못해 푸딩 하나를 꺼내 들었다.

"꼽냐?"

"……"

"꼬우면 자리 바꿀까? 네가 침대에 눕고 내가 병실 지키고."

"아닙니다."

"인생 너무 빡빡하게 살지 마라. 같은 동기끼리 말이야."

"……"

"어머, 밖이 왜 저래?"

잠시 창밖으로 내다보던 마더가 목소리를 높였다.

"나 좀 도와줄래?"

탁대는 팔호에게 손을 내밀었다. 혼자 못 일어날 정도는 아니었다. 하지만 누릴 수 있을 때 누려보는 것도 괜찮을 것 같았다.

느낌!

그게 먼저 다가왔다. 북적거리던 주차장과 병원 진입로는 시원하게 뚫려 있었다. 사람들 인적도 뜸해졌다. 보이는 건 사복형사처럼 보이는 사람들과 10여 명의 기자뿐이었다.

"오나보군요."

팔호의 말과 함께 검은 세단이 시야에 들어왔다. 차는 모두 두 대였다.

"탁대 씨, 각하께서 도착했으니까 준비해!"

병실 문을 연 선우 팀장이 소리쳤다.

잠시 후에 경호원 두 명이 병실에 들이닥쳤다.

"잠시 실례하겠습니다."

가볍게 인사를 한 경호원들은 병실 내부를 점검했다. 냉장고도 살피고 침대 밑도 살폈다. 심지어는 변기 안까지도 열어보는 눈치였다.

"그분이 오셨나요?"

잔뜩 긴장한 마더가 물었다.

"곧 오실 겁니다."

경호원들은 그 말을 끝으로 복도로 물러났다.

경호원이 왔지만 대통령은 등장하지 않았다. 나중에 안 일이지만 처음에 본 세단들은 경호원의 차량이었다. 대통령에 앞서 현장 점검을 했던 것이다.

얼마나 지났을까?

물 한 잔을 더 마시고 있을 때, 복도가 웅성거렸다.

'왔다!'

탁대는 물 잔을 팔호에게 건네주었다. 이어 문이 열렸다. 그 문으로 들어선 건······.

대통령이었다.

'오, 마이 갓!'

조탁대, 화면에서나 보던 일이 일어나고 말았다. 누군가 큰 공을 세우면 대통령이 불러 악수를 나누고 사진 포즈를 취하던 화면. 그게 탁대의 인생에 펼쳐진 것이다.

대통령은 지정의와 함께 청와대 수석비서진을 거느리고 다가 왔다. 그 뒤로 시장과 부시장, 그리고 총무국장과 은 과장이 보 였다. 그걸 보자니 쿡 하고 웃음이 나오는 탁대. 시청에서는 어 마어마한 거인들이지만 대통령 행차에 묻어오니 초라하기 그지 없었다.

뒤를 이어 보도진이 들어섰다. 병실은 이제 발 디딜 틈조차 없었다.

"조탁대 씨?"

대통령이 인자하게 물었다.

"예, 지방행정서기보 조탁대."

라고 말할 뻔했지만 의사가 먼저 말을 받았다.

"조탁대 환자는 지금 빠른 회복을 보이고 있습니다."

"정말 큰일을 해주었어요."

대통령이 손을 내밀었다. 탁대는 얼떨결에 손을 잡았다. 카메 라가 미친 듯이 플래시를 터트리기 시작했다.

"어디 불편한 데는 없나요?"

"참을 만합니다."

"공무원에 임용된 지 얼마 되지 않는다고요?"

"예."

"대통령으로써 정말 자랑스럽게 생각합니다."

"아닙니다. 할 일을 했을 뿐입니다."

"지금 우리나라뿐만 아니라 다른 나라에도 조 주무관의 살신성인적인 공직자 자세가 화제가 되고 있어요. 앞으로도 그런 각오로 임해 주세요."

"알겠습니다."

"실장님."

대통령이 비서실장을 향해 고개를 돌렸다.

"예, 대통령님!"

"이렇게 큰일을 한 공무원들에게는 보상이 있나요? 특진이라든가……."

'특진?'

숨도 쉬기 어려운 병실 안의 분위기. 하지만 그 단어는 탁대의 귀를 쏙 차고 들어왔다.

"김 시장님!"

비서실장은 김성곽을 바라보았다.

"적극 검토 중입니다."

김성곽은 결연하게 대답했다.

"오 박사님도 우리 조 주무관이 완쾌될 때까지 불편함 없도록 최선을 다해 주세요."

"예."

대통령의 당부를 받은 의사가 목례로 답했다.

"대통령님, 국민들을 위해 조탁대 씨와 포즈 좀 취해 주시겠습니까?"

영상을 찍던 기자들이 이구동성으로 말했다. 그러자 대통령이 탁대 옆에 나란히 서주었다.

대통령과 9급 공무원.

도무지 격이 맞지 않을 조합이 카메라 앵글에 들어왔다.

"조탁대 씨, 너무 긴장하지 마세요."

기자들의 말을 듣고서야 탁대는 얼굴 근육을 폈다.

펑펑펑!

카메라는 화산처럼 플래쉬를 터트렸다. 자세를 바꿔 한 번 더 포즈를 취한 대통령은 마더에게 가벼운 인사를 남기고 병실을 나갔다.

"후아!"

그제야 탁대 입에서 한숨이 터져 나왔다. 대통령도 그냥 사람의 하나라고 생각했던 건 오산이었다. 그 직함이 주는 압박감은 장난이 아니었던 것이다. 물이 필요해 돌아보니 팔호가 보이지 않았다.

'아차, 아까 대통령이 올 때 쫓겨났지?'

잠시 외출했던 정신이 빠르게 돌아왔다. 하긴 팔호 따위가 있을 자리던가?

"물 한 잔 주세요."

"그래. 나도 좀 마셔야겠다."

탁대와 마더는 단숨에 물 한 잔을 원샷해 버렸다.

"세상에, 우리 아들이 대통령하고 만나다니……."

마더는 아직도 믿기지 않는 얼굴이다.

"마더도 만났잖아요?"

"그러게. 네 덕분에 내가 다 출세했어."

"아빠가 질투하겠는데요?"

"하긴 대통령은 아무나 만나니?"

모자의 대화가 이어질 때, 은 과장이 용 팀장을 데리고 들어섰다. 어쩐지 용 팀장이 안 보인다 했더니 복도에 있었던 모양이었다.

"아이고, 우리 국민영웅 조탁대 씨!"

용 팀장의 설레발이 시작되었다.

"그러게 제가 뭐랬습니까? 조탁대 씨가 인재라고 하지 않았습니까?"

용 팀장은 공치사를 늘어놓았다. 어쨌든 탁대를 교통과로 끌어온 것은 그였으니 별수 없는 일이었다.

"수고했어."

은 과장이 때늦게 손을 내밀어 악수를 청하며 말을 이었다.

"아까 대통령께서 하신 말씀 말이야……."

"……."

"시장님이 그거 적극 검토하라는 지시를 총무국장님에게 내렸네."

"특진 말씀입니까?"

듣고 있던 용 팀장이 끼어들었다.

"그래. 대통령 명령인데 누가 거절하겠어?"

"하지만 탁대 씨는 이제 겨우 임용된 지……."

"지금 그게 중요한가?"

"하긴… 국민영웅이니……."

"아무튼 푹 쉬게. 업무 걱정은 말고."

*　　　*　　　*

국민영웅 9급 공무원과 대통령의 만남!

텔레비전은 또 한 번 난리가 났다. 뉴스 화면마다 탁대와 대통령이 나왔다. 비중도 꽤 컸다. 대통령이 병원에 내리는 것을 시작으로 탁대를 만나고 기타 관계자의 인터뷰가 이어졌다.

조금 규모가 작은 방송국은 심층취재도 뒤따랐다. 화면에 은 과장과 용 팀장이 나왔다. 평소와는 다른 모습이 보기 싫어 채널을 바꾸었다.

국민영웅 9급 공무원—최초 현장 촬영자 고동길 기자.

그러다 탁대의 시선을 치고 들어온 자막 하나.

'고동길 기자?'

그제야 생각이 났다. 바로 봉황시 지역 신문 기자… 이제 보니 탁대가 트럭을 막아내는 화면은 고 기자의 작품이었다.

[그날 저는 조탁대 주무관을 취재하기 위해 현장에 있었습니다.]

화면에서 고동길의 인터뷰가 이어졌다.

[그때, 언덕 위의 트럭은 이미 탄력을 받아 폭주를 시작하고 있었습니다.]

고동길은 현장 분위기를 세세하게 전해 주었다. 탁대가 피하지 않고 트럭을 향해 초능력을 발휘한 숨 가쁜 현장과 첫 의식이 들어서도 아이들을 먼저 걱정했다는 미담까지.

'그러고 보니 내가 유명해진 건 저 양반 덕분이었군.'

그랬다.

무엇보다 생생한 현장 화면이 국민들을 감동시켰다. 거대한 화물 트럭이 덮쳐오는 백척간두의 위기 상황. 그런데도 도망치지 않고 트럭을 세우려고 자신을 던진 공무원. 그 의지가 하늘을 감동시켜 마침내 트럭을 세워버린 믿을 수 없는 기적.

그 현장을 영화처럼 전하는 화면이 없었더라면 그저 하나의 미담에 지나지 않았을 수도 있었다.

하지만 백문이 불여일견.

현장을 생생하게 촬영한 동영상이 있으니 누군들 감동하지 않을 것인가?

그런데!

그는 기자들 무리에 없었다. 그건 이해가 되었다. 봉황타임스는 지역 신문에 불과하다. 조중동이나 기타 일간신문과는 발행 부수나 신뢰도 면에서 비교가 되지 않으니 대통령 취재에 끼워

줄 리가 없었다.

"마더, 내 지갑 좀 줘보세요."

탁대는 마더에게 손을 뻗었다. 지갑 속에는 고동길의 명함이
들어 있었다.

뚜르르르~! 뚜르~!

신호가 갔다. 고동길은 잠시 후에 전화를 받았다.

"저 봉황시 주정차담당 조탁대입니다."

—어, 조탁대 씨!

"현장 동영상을 찍은 게 기자님이셨죠?"

—맞아요. 마침 배터리도 빵빵하고 해서…….

"그런 거 같아서 전화했습니다."

—그럼 잘됐네요. 마침 지금 병원에 와 있거든요.

이렇게 해서 탁대는 고동길과 만나게 되었다.

"대통령 다녀갔죠?"

고 기자가 음료수 한 박스를 내밀며 말했다.

"예, 아까……."

"아주 난리도 아니죠? 지금 조탁대 씨가 대한민국 넘버원입
니다."

"그게……."

탁대는 입맛을 다셨다. 어린이들을 살렸으니 보람되기는 하
지만 딱히 이렇게까지 주목받고 싶지는 않았다.

"이러다 연예계로 스카우트되는 거 아닌가 모르겠어요?"

"에이, 설마요……."

"설마가 아니에요. 우리 신문사로도 그런 전화가 몇 통 걸려

왔다니까요."

"정말입니까?"

"아, 내가 현장 영상 제공자잖아요? 탁대 씨 자료 좀 달라고 아우성인데 뭐가 있어야 말이죠. 정작 현장을 취재한 건 난데 대통령 방문 때도 끼워주지 않고……."

고 기자가 어깨를 으쓱해 보였다. 그건 탁대의 짐작대로였다.

"아무튼 이 나라는 썩었다니까. 뭐든지 형식부터 따지니……."

"저 같은 사람한테 뭐 알게 있다고 그러세요."

"어이구! 그게 바로 자고 났더니 유명해졌다, 그 버전 아닙니까? 조탁대 씨는 그날 이전과 이후가 다르다고요."

"아무튼……."

"고맙다고요?"

"아뇨!"

탁대는 돌연 눈자위를 구겼다.

"에?"

"사실은 실망입니다."

"실망?"

고 기자는 눈을 동그랗게 뜨고 탁대를 바라보았다.

"솔직히 절체절명의 순간이었잖아요? 그럼 사진을 찍을 게 아니라 달려와서 애들을 구했어야죠."

"……."

"그랬으면 내가 실패했더라도 몇 명은 살았을 거잖아요?"

탁대는 진심이었다.

"그, 그게……."

"기자님도 직업정신이었다, 이런 말을 하려는 거군요?"

"그, 그렇죠… 조탁대 씨처럼……."

"부탁인데 혹시 이 다음에 유사한 현장을 만나면 애들부터 구해주세요."

"……."

"아무튼 고마웠습니다."

탁대는 그제야 고 기자를 향해 감사의 손을 내밀었다.

"으아, 이거 대통령 만난 9급 공무원이라 그런지 레벨이 다르네."

고 기자도 웃으며 탁대 손을 잡았다.

"레벨요?"

"솔직히 봉황시청에 가면 사무관들도 나한테 함부로 말 못하는데 충고를 마구 날렸잖아요? 역시 사람 그릇이 다르네."

"다르긴요. 위에서 눌리고 민원에게 깨지는 그냥 말단 9급 공무원 맞아요."

"이제는 9급이 아니죠."

"아니라고요?"

"대통령이 지시내리고 갔다면서요? 그럼 곧 승진하게 될 겁니다."

"그게……."

"걱정 말아요. 특진 안 시켜주면 내가 두고두고 문제 제기할 테니까. 그러니 걱정 말고 우리는 사진이나 좀 찍읍시다. 서러운 지방지 기자 신세. 이 뉴스 최초 발굴자가 바로 난데 병실도 마음대로 못 들어가게 하고 말이야."

고 기자가 카메라 셔터를 바삐 누르는 순간, 탁대의 머리에도 한 단어가 바삐 맴돌기 시작했다.

특진!

'내가 특진을?'

*   *   *

이틀 후, 탁대는 퇴원을 했다.

퇴원하는 날도 감동이었다. 어떻게 알았는지 네티즌이 주동이 되어 많은 사람들이 몰렸다. 그들은 꽃을 건네며 탁대를 응원해 주었다.

윤아와 혜자, 은 과장과 용 팀장도 얼굴을 비추었다.

"업무는 조윤아 주임이 맡고 있으니까 푹 쉬라고."

용 팀장이 인심을 썼다.

"죄송합니다."

탁대는 윤아에게 인사를 했다. 윤아는 윤아의 업무가 따로 있다. 그러니 개인적으로는 민폐가 되는 것이다.

"걱정 말고 낫기나 해요."

윤아는 오늘도 긍정적이다. 탁대는 그게 고마웠다.

"조탁대!"

"조탁대!"

로비에 내려오자 탁대를 연호하는 소리가 들렸다. 난생 처음이다. 그것도 불특정 다수의 시민들이 아닌가.

펑펑!

기자들도 빠지지 않았다. 이번에는 고 기자가 선두에 끼어 있었다. 똥개도 자기 집에서 절반은 먹고 들어가는 법. 신문사 규모를 따지는 일이 아니었으니 지역 사정에 밝은 그가 유리한 건 당연한 일이었다.

〈우리의 영웅 9급 공무원 조탁대 님의 퇴원을 진심으로 축하합니다.〉

병원을 나설 때 플래카드까지 보였다. 탁대는 콧날이 시큰해졌다.

"으아, 탁대가 진짜 유명해졌네."

바빠서 오지 못한 동환을 대신해 운전대를 잡은 동모가 혀를 내둘렀다.

"알았으면 운전 잘하세요. 도련님이 태운 사람이 바로 국민 영웅이라고요."

조수석의 마더는 목이 부러져라 힘을 주었다.

"너, 책도 내기로 했다면서?"

동모가 백미러를 보며 물었다.

"그건 와전이에요."

"무슨 소리야? 어제 기사에 나오던데?"

"요즘 자기 마음대로 써 갈기는 기사 많잖아요."

탁대는 멀어지는 병원을 보며 말했다.

추측성 기사가 기승을 부리고 있었다. 책에 관한 것도 그중 하나였다.

"그럼 안 내는 거냐?"

"내긴 내는데 인세는 전액 봉황시 복지시설에 기부하기로 했어요."

탁대는 간단히 대답했다. 책은 전국에서 보내 준 편지를 골라 엮자는 제안 때문이었다. 워낙 국민들 관심을 끈 사건이니 판매도 좋을 거라며 한 중견 출판사가 접근해 왔다.

솔직히 탁대는 별생각이 없었다. 탁대가 쓴 글도 아니고 받은 편지를 가지고 책을 낸다는 건 낯 뜨거운 일 같았다.

하지만 출판사의 생각은 달랐다.

"이렇게 가치가 있는 일은 건 꼭 출판해야 합니다. 아, 솔직히 쓰레기 글도 책으로 나오는데 이렇게 감동적인 편지는 후대에 전해야지요. 그러자면 책으로 내야 합니다."

결국 탁대는 출판사의 의견을 받아들였다. 조건은 한 가지. 인세 전액을 편지를 보낸 주인공 이름으로 봉황시 복지시설에 기부할 것. 그것뿐이었다.

"와아!"

모처럼 집으로 돌아온 탁대는 방문을 열고는 탄성을 질렀다. 거기도 꽃과 선물이 무더기를 이루고 있었다.

"어떻게 알았는지 집으로도 왔지 뭐니. 그래서……"

마더가 어깨를 으쓱해 보였다.

"고맙네요."

"그렇지?"

"야, 오늘은 소주 안 되지?"

운전 임무를 끝낸 동모가 뒤에서 물었다.

"도련님!"

바로 마더의 눈에서 레이저가 발사되었다.

"알았어요. 난 그냥 술 먹는다고 하면 먹고 가려고……."

"절대 안 돼요. 의사가 안정하라는 말 못 들었어요?"

"예, 그럼 운전기사는 임무 마치고 물러갑니다. 나중에 또 불러주세요."

동모는 꾸벅 인사를 남기고 돌아갔다.

마더까지 나가자 탁대는 혼자가 되었다. 침대 하나에 잡다한 책과 물건들. 어쩌면 병원하고 크게 다를 것도 없는 풍경이지만 그래도 마음은 편했다. 내 집으로 돌아온 것이다.

'31일…….'

탁대는 달력을 바라보았다. 메르센 소수의 날이다. 어쩌면 그것 때문에 퇴원을 고집했는지도 모른다.

"한 3일 더 쉬었다 가는 게……."

의사는 그런 입장이었다. 조탁대가 누군가? 대통령까지 다녀간 환자. 그 때문인지 병원은 치료비도 받지 않았다. 국민영웅에 대한 예우라는 것이다.

하지만 병원도 손해는 아니었다. 탁대가 입원해 있다는 사실이 알려지면서 전국적으로 지명도가 높아진 것이다.

탁대는 퇴원을 강행했다. 몸이 많이 회복된 점도 있지만 투시마법에 대한 열망이 더 컸다. 병원에서도 마법주문을 외우는 건 가능하겠지만, 실패할 가능성도 높았다. 간호사가 수시로 들어올 수도 있기 때문이었다.

기회를 놓치면 또 두 달을 기다려야 했다. 그건 참기 힘들었다.

"죽 먹어라."

어둠이 내리자 마더가 전복죽을 가져왔다. 퇴근을 한 동환도 마더와 함께했다. 전복은 돈 주고 산 것이 아니다. 완도의 어떤 분이 탁대를 위해 보내준 것이란다.

"마더."

"왜?"

"이거 먹고 일찍 잘 거니까 오늘은 내 방에 오지 마세요."

"컨디션 안 좋아?"

"아뇨. 그냥 생각할 것도 있고요."

"뭘 생각해? 쉴 때는 그냥 푹 쉬지 않고."

"알았어요."

탁대는 마더를 안심시켰다.

마더와 동환이 나간 후에 탁대는 몸을 움직여 보았다. 휘둘러도 보고 내질러도 보았다. 아직도 약간의 무기력이 남아 있다. 탁대는 고개를 저었다. 어찌 보면 마법은 혼을 깎아먹는 것도 같았다. 트럭을 멈추게 한 탁대의 마법. 아마 트럭이 조금 더 컸더라면, 그래서 탁대가 끝 간 데 없이 힘을 소모했다면, 지금쯤 저 캄캄한 하늘에 별로 떴을지도 모를 일이었다.

'그래도 덕분에 애들을 구했잖아?'

대가 없는 일은 없다. 비록 애를 먹고 있지만 맑은 어린이들을 생각하면 피로가 가시는 탁대였다.

탁대는 송아지 가죽을 꺼내 들었다.

갑자기 마음이 경건해졌다. 로르바흐를 생각하면 늘 그랬다. 마치 신들의 세계에서 날아온 것 같은 대마법사. 그 덕분에 수많은 생명들을 구할 수 있었다.

'마법은 숭고한 것.'

탁대는 주문을 떠올렸다. 한 자 한 자 또렷하게 발음도 해보았다. 단 한 자의 틀림도 없이 서른한 번을 마쳐야 하는 집중력. 몸의 기력은 좀 떨어졌지만, 그래도 자신이 있었다. 그리고, 마침내 31일의 자정이 코앞으로 다가왔다.

경건한 마음으로 준비를 했다.

투시 마법이 새겨진 송아지 가죽과 서른한 개의 땅콩. 이건 동환의 맥주 안주를 슬쩍 짚어왔다. 송아지 가죽에 새겨진 글자가 반짝거리기 시작했다. 로르바흐가 직접 만든 건 아니지만 그의 향이 끼쳐 왔다. 냄새란 오묘하다. 그 하나로도 기억을 헤집고 수많은 감회에 젖게 하니까.

1분 전.

사고가 생겼다. 갑자기 마더가 문을 열고 들어선 것이다.

"마더!"

"탁대야!"

"왜, 왜요?"

탁대는 본능적으로 송아지 가죽부터 감췄다.

"쉰다더니 안 자는 거 같아서… 물이라도 한 잔 가져다줄까?"

"아, 아뇨. 어서 나가주세요."

탁대는 서둘러 마더를 밀어냈다. 그런 다음에 얼른 문을 잠궜다.

"얘, 아픈 건 아니지?"

"아니라니까요. 잘 거니까 주무세요."

"알았어. 그럼 내일보자."

"휴우!"

안도의 숨이 나왔다. 하지만 여유부릴 틈이 없었다. 탁대는
서둘러 자리에 앉았다. 그런 다음 호흡을 골랐다.

탁대는 마음을 편안하게 먹었다. 그리고 소수에 해당하는 53분
과 57분을 지나 마침내 31일 0시 31초가 되었을 때, 탁대는 마법
시동어를 외우기 시작했다.

한 번!

땅콩 하나가 옆 접시로 밀려났다.

두 번!

두 개가 옮겨졌다.

스무 번을 넘어서면서 잠시 위기가 왔지만 잘 넘겼다. 마지막
땅콩을 옆 접시로 옮긴 탁대는 깊은 날숨을 토해냈다. 마침내
투시 마법을 얻는 순간이었다.

'투시 마법은 어떤 걸까?'

확인이 필요했다. 마음을 가다듬고 주변을 돌아보았다. 제일
먼저 시선이 닿은 곳은 책상.

'헐~!'

신기하게도 책상 속의 물체가 보였다. 동전들과 여분의 배터
리, 그리고 자잘한 잡동사니들…….

'말도 안 돼. 진짜 보이잖아?'

한 번 더 시도하려 하자 머리가 지끈 흔들렸다. 아직 제대로 회복되지 않은 몸이다 보니 기가 부족한 모양이었다.

'꿈은 아니겠지?'

아닌 줄 알면서도 볼을 비틀었다. 아팠다.

불을 끈 탁대는 로르바흐를 불렀다. 며칠 동안 너무 많은 일이 생겼다. 그간에 그를 만나지 않은 건 아니지만 투시 마법에 대해서도 자세히 알아야겠기에 더욱 그랬다.

'로르바흐, 로르바흐, 로르… 바… 흐……!'

탁대는 마법사의 이름을 부르며 사르르 잠의 파도에 휩쓸렸다.

짝짝짝!

박수 소리가 메아리처럼 아련하게 들렸다.

푸른 안개가 흐드러진 공간. 박수는 그 안에서 밀려 나왔다.

"대마법사님!"

탁대는 주변을 돌아보며 로르바흐를 찾았다. 몇 걸음 더 옮기자 안개가 너풀 흩어지기 시작했다.

"……?"

탁대는 눈을 꿈뻑거렸다. 안개 안에서 나온 건 두 줄로 늘어선 엘프들이었다. 작은 악기를 손에 든 엘프들은 은빛 머릿결을 출렁이며 탁대를 맞이했다.

아름다운 선율. 마치 천상의 존재 같은 엘프들이 연주를 시작했다. 멜로디는 둥실 떠와 탁대의 피부에 녹아들었다. 아니, 영혼 속에 녹아들었다. 탁대는 구석구석이 가뿐해지는 걸 느꼈다.

한참 후에 연주가 끝났다. 엘프들은 투명한 모습으로 다가와 탁대를 스쳐 갔다. 그들의 아름다운 행렬이 다 끝나고 나서야 슈리아가 모습을 드러냈다.

"대마법사님은?"

"따르시지요."

슈리아가 앞장을 섰다. 유려한 성문을 지나 작은 광장에 이르자 로르바흐가 보였다.

"오셨군."

성루의 종탑을 바라보던 로르바흐가 돌아보았다.

"투시 마법을 끝냈습니다."

"아네. 그래서 축하 공연을 해준 거야."

"그럼 아까 그 엘프들이?"

"마음에 들었나?"

"마음에 든 정도가 아니라……."

"다행이군."

로르바흐의 입가에 잔잔한 미소가 스쳐 갔다.

"오늘, 굉장한 일을 겪었지?"

"대통령의 방문 말씀이군요."

"그가 자네 시대의 황제 아닌가?"

"그렇다고도……."

"시간과 공간과 의지의 조화로다."

"네?"

"삶의 변화무쌍함을 말하는 것일세."

"그렇군요. 저도 제 생에 대통령을 직접 뵙게 될 줄은 몰랐습니다."

"나도 어릴 때는 내가 대마법사가 될 줄 몰랐다네."

"네……."

"투시 마법……."

"네. 성공한 거 같습니다."

"축하하긴 했네만 착잡한 건 마찬가지라네. 그런 건 마법의 범주에 끼워줄 수도 없는 허접한 것이니……."

"누군가에게 별것 아닌 것이 또 다른 누군가에겐 기적일 수도 있습니다."

"그건 인정하네."

"투시 마법에 대한 설명을 좀 들을 수 있을까요?"

"딱히 따로 알려 줄 게 없네. 그저 그대의 의지에 따르면 될 일……."

"주의점 같은 게 전에 익힌 것들과 똑같단 말씀입니까?"

"한 가지 유념할 점은 생겼네."

'유념?'

탁대는 귀를 쫑긋 세웠다.

"그대가 할 수 있는 마법이 몇 가지인가?"

"음… 화염, 타자환몽, 마음 읽기에다 붙이기… 그리고 투시를 합하면 다섯 가지인가요?"

"말했다시피 그것들이 진짜 마법사들에게는 허접하고 천박한 것에 불과하지만 그래도 계열이 있다네."

"계열이라면?"

"쉽게 말하면 선과 악, 불과 기름, 바람과 천둥 등의 기운이 배열된 것이니 함부로 섞어 쓰면 시전자가 위험해질 수도 있다는 것일세."

"할 수 있다고 해서 무대뽀로 막 쓰면 안 된다는 뜻이군요?"

"그대가 마법을 체계적으로 배운 게 아님이니……."

"알겠습니다. 명심하죠."

"무릇 의지를 넘어서는 능력은 자칫 그를 파멸로 이끌 수도 있음이니 이번 사건도 행운에 다름 아니라네."

"음… 그리고 타자환몽 말입니다. 좀 궁금한 게 있어요."

"말씀하시게."

"꿈속에서 제 능력 말입니다. 의지가 통하는 건 알겠는데 그뿐인가요?"

"타자의 꿈 안에서는 그대가 생각하는 모든 게 가능하네. 드래곤이 되고 싶으면 드래곤이 되고, 상대를 미물로 만들고 싶으면 만들 수 있지. 그대가 그 꿈에 들어간 이상 꿈은 그대의 창조에 따르게 될 것이니."

"사람은 어떤가요?"

"사람?"

"한국 사람들은 현몽 같은 걸 중요시하거든요. 예를 들면 죽은 아버지나 할아버지 같은 사람을 불러내는 것 말입니다."

"그것은 타자의 기억과 연관된 것이니 타자의 기억에 들어있다면 가능하네."

"오, 대박이군요."

"타자환몽을 쓸 일이라도 생겼나?"

"그보다 아주 좋은 일이 생길 것 같습니다."

"좋은 일?"

"승진 말입니다. 특진 이야기가 나오고 있습니다."

"가능한 일인가?"

"대통령 지시니 가능할 것 같은데요?"

"그렇다면 그대가 목숨을 걸고 내 지루함을 앞당겨 준 것이
군."

"아뇨. 사실 특진 같은 걸 바라고 한 건 아니니까 그냥 우연과
행운이 겹친 것에 불과합니다."

"아무튼 몸이 많이 쇠했으니 한시바삐 기력을 회복하기 바라
네."

로르바흐가 광장의 중앙을 가리켰다. 그곳에는 푸른 안개가
어른거리는 샘이 찰랑거렸다. 슈리아는 벌써 그곳에 대기 중이
었다.

로르바흐의 바람을 아는 탁대는 가만히 걸어가 샘물에 몸을
담궜다. 종탑에서 은은한 종소리가 들려왔다. 뼈마디에 맺힌 고
단함을 씻어 주는 소리였다.

탁대는 개운하게 일어났다.

창을 여니 지난밤에 내린 눈이 하얗게 각막을 치고 들어왔다.
탁대는 거실로 나왔다. 아침 6시 38분. 마더는 아직 일어나기 전
이었다.

'피곤하신가?'

이 시간이면 마더는 기지개를 켠다. 동환이 꼬박꼬박 아침을
챙겨먹기 때문이다.

'아침밥은 보약.'

그건 마더의 지론이었고, 특별한 날을 제외하면 어긴 날이 없었다. 그때 안방에서 작은 불협화음이 새어 나왔다. 하지만 곧 그쳤다.

'두 분이 싸우시나?'

걱정스러운 마음이 들자 순간 투시가 떠올랐다. 푹 자고 난 까닭에 몸도 개운했다. 탁대는 심호흡을 하고는 안방을 향해 마법을 작렬시켰다.

'으악!'

벽이 투명해지면서 안방의 풍경이 들여다보이자 탁대는 비명부터 막았다. 그런 다음 재빨리 자기 방으로 뛰었다.

"무슨 소리가 났는데?"

방문을 열고 나온 마더가 옷깃을 여미며 거실로 나왔을 때, 탁대는 보이지 않았다.

"후아후아!"

탁대는 자기 방문에 기대 숨을 골랐다.

'죄송합니다. 아버지, 그리고 마더……'

탁대는 멋대로 뛰는 심장을 진정시켰다.

맹세코 몰랐다. 동환과 마더의 '거시기'는 이미 끝난 줄 알았다. 50 넘은 사람들이 그런 관계를 갖는다고는 상상도 못 하던 탁대였다.

간혹 나이 먹은 어르신들이 박카스 아줌마가 어쩌고 지체장애인을 저쩌고 한다는 보도를 볼 때도 그랬다. 그건 그냥 뉴스 속의 인간들이고, 탁대 부모와는 상관없는 일인 줄만 알았던 조탁대.

그런 탁대의 투시에 들어온 건 동환과 마더의 사랑 나누기였다.

'죄송합니다. 진짜 일부러 본 게 아니었어요.'

19금이 아니라 50금. 탁대는 황당함과 부끄러움, 그 위에 미안함과 당혹스러움이 겹치며 몸서리를 쳤다.

나흘을 더 쉰 탁대는 출근할 준비를 했다. 기력이 정상으로 돌아왔으니 더 쉬고 싶은 마음도 없었다. 그 사이에 마법 연습으로 시간을 때웠다. 특히 순간접착과 투시 마법이 그랬다.

'접착!'

탁대는 크고 작은 사물과 벌레를 대상으로 연습을 게을리하지 않았다. 그 결과 바퀴벌레를 벽에 세울 수 있었고, 손을 안 대고 봉투를 붙일 수도 있었다.

순간접착 마법에 대해 만족스러운 건 접착의 유지에 있었다. 트럭 같은 것은 안 되겠지만 편지 봉투는 몇 시간이 지나도 떨어지지 않았다. 물론 의지를 보태 떼었을 때는 제외하고 말이다.

'이거 업무에 써먹어도 되겠는데?'

봉투 붙이기 같은 소소한 일도 업무에 필요했다. 특히 민원이나 유관 단체에 단체 발송을 보낼 때가 그랬다. 최정예 공익(?)이 있다지만 그놈 믿다가는 애간장이 한두 개로는 버티기 어려웠다.

바퀴벌레의 예로 보아 성가신 모기나 파리 퇴치에도 요긴할 것 같았다. 앵앵거리고 날아다니는 모기를 벽에 딱 붙여놓으면 그저 살충제만 찾아내면 그만이니까.

투시는 접착 마법보다 좀 더 투자를 했다.

괜한 곳을 투시하느라 얼굴을 붉혔지만 다음 투시부터는 제대로 먹혔다. 그 다음은 동환의 지갑이었다. 열지 않아도 형편을 알 수 있으니 기분 맞추기도 좋았다.

대저 남자의 힘이란 지갑에서 나는 법!

동환이 빈털터리가 되었을 때 슬쩍 10만 원을 찔러주면 같은 값으로 다홍치마를 이룰 것 같았다.

서류봉투 안에 만 원을 넣은 것도.

시커먼 선팅을 한 차 안에서 기묘한 접촉을 하는 것도.

트렁크 안에 실린 양아치들의 연장도.

죄다 보였다.

출근을 앞둔 날 저녁에 동모와 작은아버지가 찾아왔다. 두 사람이 내민 건 완도산 전복 상자였다.

"출근할 거라고? 이거 먹고 또 힘내라."

전복은 동모가 산 모양이었다. 거금을 투자했을 걸 생각하니 탁대 콧등이 시큰해졌다.

"삼촌, 너무 무리한 거 아니야?"

"얌마, 국민영웅 조탁대에게 무리 좀 하면 안 되냐?"

동모는 목청을 높였다.

"좋아서 그렇지."

"알면 맥주나 좀 꺼내라. 나도 국민영웅 9급 공무원하고 한잔해 보자."

"탁대한테 술 먹이려고요?"

보고 있던 마더가 제동을 걸고 나섰다.

"형수님, 좀 아픈 데는 알콜이 최고입니다. 게다가 안주가 좋으니……."

작은아버지도 동모와 한편을 이루었다.

"이제 보니 탁대 위문을 핑계로 두 분이 드실 술안주 사온 거예요?"

"에이, 꼭 말을 하셔도… 탁대는 한 잔만 받고 전복으로 원기 보충하면 되잖아요? 그 덕분에 우리도 모처럼 전복 안주에 한잔 제끼고……."

동모는 자기 멋대로 전복 상자에 붙은 테이프를 떼어 버렸다.

그 사이에 동환이 퇴근하자 위문을 겸한 술자리가 벌어졌다.

"자자, 딱 한 잔만 받아라."

동모가 잔을 내밀었다. 탁대는 정말 한 잔만 받았다.

"한 잔은 정 없지. 입 댔으면 두 잔은……."

이번에는 작은아버지가 시간차 공격을 해왔다.

"술은 삼 배다. 한잔 쭉 마시면 전복도 소화가 잘될 거야."

동모가 또 한 잔을 권하면서 탁대의 조심은 물 건너로 가버렸다.

"국민영웅 조탁대를 위하여!"

거나하게 술이 오른 동모는 탁대 어깨를 끼고 소리쳤다. 손님이 찾아온 것은 그때였다.

"탁대야, 너 찾는데?"

문밖에서 돌아온 마더가 말했다.

"나요? 시청 사람이에요?"

"글쎄… 그냥 아는 사람이라네."

"야, 얼른 나가봐라. 국민영웅 조탁대인데 찾아올 사람이 한 둘이겠냐?"

동모는 대뜸 탁대의 등을 밀었다.

밖으로 나온 탁대는 놀란 눈을 감추지 못했다. 손님은 표강일을 모시는 나 실장이었다.

"웬일이시죠?"

"사장님 지시로 왔습니다만…….."

'표강일 사장?'

"우선 장한 일을 했다고 치하를 보내 주셨습니다."

"고마운 일이군요."

"몸은 괜찮나요? 시에 갔더니 몸이 아파 회복 중이라고 하던데…….."

"이제 괜찮아져서 출근할 겁니다."

"이거 받아요."

나 실장이 커다란 두 개의 상자를 내밀었다. 소갈비였다. 마블링과 구성으로 보아 최상품인 게 분명했다.

"이걸 왜?"

"사장님이 보낸 겁니다. 먹고 힘내라고 말입니다."

"이런 건 받을 수 없습니다."

"사장님 성의라니까요."

"알지만 너무 고급이고… 저는 그저 제 할 일을 한 것뿐이라서…….."

"뇌물 같아서 그런가요?"

"그런 뜻은 아닙니다만……."

그 뒤에 이어질 말, '남들이 오해할 수도 있지요' 라는 말은 목구멍 안으로 밀어 넣어 버리는 탁대.

"아, 내가 사장님 지시를 하나 잊었군."

'잊었다고?'

나 실장은 단숨에 소갈비 포장을 찢었다. 그런 다음에 다시 탁대에게 내밀었다.

"먹다 남은 음식입니다. 남은 음식을 나눠먹는데 뇌물 시비를 걸 사람은 없겠지요."

"……."

"안 그런가요?"

나 실장은 우묵한 눈으로 탁대를 바라보았다. 그래도 탁대가 받지 않자, 그걸 문 옆의 담장 아래 고이 모셔놓는 나 실장.

"사장님이 기대를 많이 하십니다. 물론, 나도 마찬가지고요."

나 실장은 차를 몰고 골목길을 벗어났다.

"야, 갔냐?"

잠시 후에 동모가 나왔다.

"어, 이게 뭐야?"

"……."

"이야, 네 팬이 가져온 모양이구나? 그런데 왜 포장이 없지?"

"삼촌, 그거……."

"야, 포장이 문제냐? 보아하니 정육점 아저씨가 기분 좀 낸 모양인데 마침 전복도 다 먹었는데 잘됐다."

갈비짝을 꿰찬 동모가 탁대 손을 끌었다.

갈비는 곧 자글자글 구워지기 시작했다. 받을 이유는 없었지만 거절할 이유도 마땅치 않았다.

"이야, 맛은 죽인다. 죽여. 내가 안동에서 먹은 1++보다 더 녹는데?"

동모는 쉴 새 없이 고기를 우물거렸다. 마더와 동환도 맛나게 먹었다.

'괜히 미안하네.'

갈빗살 한 점을 들고 탁대는 생각했다. 얼떨결에 구한 표강일의 목숨. 그런데도 늘 기억하고 챙겨주니 고마운 한편으로 미안한 감정을 숨길 수 없었다.

"아는 사람이 보낸 거니?"

탁대의 기분을 알아차린 마더가 물었다.

"그게… 그때 식물인간에서 깨어난 그분……."

"표도완 씨 아들 표강일 말이냐?"

술을 마시던 작은아버지가 물었다.

"아주버님도 아세요?"

바로 응수하는 마더.

"아, 당연하죠. 그 양반, 차기 시장 준비하는 거 같던데?"

'차기 시장?'

탁대도 고개를 들었다.

"쉿, 나도 일식집에서 들은 얘긴데 표도완 씨가 여기서는 영향력이 어마어마하잖아? 그동안 시장이다, 국회의원이다 전부 그 손을 거쳐 갔는데 맨날 집안 다툼이나 해대니까 아예 아들을 내보낼 생각이 있나 보더라고. 옆방에서 밀담을 나누는 걸 들었다니까."

"으아, 그럼 우리 탁대는 승진 가도가 열렸네. 빽 좋아, 국민 영웅이야……."

동모도 슬쩍 작은아버지를 부추겼다.

"그런 말 마세요. 아직 시보도 못 떼었는데……."

"야, 시보가 문제냐? 대통령이 특진 알아보랬다며? 그거 신문에도 다 나왔어."

동모는 막무가내다. 가족들은 화기애애한 대화를 나누며 소갈비를 폭풍흡입했다. 소갈비 한 짝이 금세 뚝딱 사라졌다.

모두가 돌아간 후, 탁대는 침대에 누워 생각에 잠겼다.

특진!

그걸 바라고 몸을 던진 건 아니었지만 시켜준다면 못 할 것도 없었다.

'하긴, 대통령 지시니까…….'

되겠지. 술 한잔이 적혈구를 타고 혈관에 퍼지자 생각은 죄다 긍정적으로 흘러갔다.

짝짝짝!

다음 날 탁대가 출근했을 때, 박수가 현관에서부터 터졌다. 방호원들이 탁대를 향해 박수를 친 것이다.

"조 주사님, 파이팅!"

살짝 쑥스러운 응원을 받으며 계단을 올랐다. 계단에서도 만나는 사람마다 축하를 건네왔다.

"몸은 괜찮아요?"

"진짜 멋졌어요."

"조 주사 최고!"

3층까지 이르자 조금 성가시다는 생각까지 들었다.

"이어, 조 주사!"

교통과 문을 열었을 때 탁대를 향해 두 팔을 벌린 것은 은 과장이었다. 홀아비에 개기름, 거기다 쩌는 냄새까지 나는 은 과장이었지만 피할 수 없었다.

"좀 더 쉬다 나오지 그랬어?"

다음으로 황 팀장이 악수를 건네 왔고 이어 용 팀장 차례였다.

"역시, 내 눈은 정확하단 말이지."

탁대의 양 어깨를 잡은 용 팀장이 말을 이었다.

"보십시오, 과장님. 이런 인재를 다른 과에 뺏겼다면 우린 낙동강 오리알이었을 겁니다."

용 팀장은 공치사와 함께 탁대에 대한 칭찬을 이어갔다. 하긴 그럴 만도 했다. 탁대가 회복하는 동안에도 교통과는 취재의 대상이었다. 그 달콤한 열매는 오롯이 은 과장과 용 팀장에게 돌아갔다. 부하 잘 둔 덕을 톡톡히 본 것이다.

'이 사건이 아니었으면 반대로 나를 쪼았겠지만……'

탁대는 피식 웃어넘겼다. 이익을 따라 고개를 돌리는 해바라기 족을 어쩌랴?

비록 가까운 미래에 또다시 타박을 받을지도 모르지만 지금 이 순간은 용 팀장도 탁대의 편이었다.

"탁대 오빠……."

맨 마지막은 혜자와 명하였다. 따지고 보면 그녀들이 탁대의 팀원이므로 우선권을 가져야 하지만 나름 비정규직인 탓에 뒷줄에서 기다려야만 했다.

"나 없어서 바빴지?"

"아뇨. 푹 쉬고 오지 그랬어요?"

"맞아요. 우리야 맨날 구르는 건데 뭐……."

"아무튼 다들 고마워."

탁대는 혜자와 명하가 각별하게 느껴졌다. 외근이라 생고생을 도맡아 하는 두 사람. 애로가 생기면 용 팀장이 해결해 주면 좋으련만 달콤한 과실에나 기웃거리는 그였으니 기대할 것도 없었다.

"그나저나 얘기 들었어요?"

자리에 앉자 윤아가 슬쩍 말을 건네 왔다.

"뭐요?"

"탁대 씨 특진될 거 같아요."

"특진요?"

순간 은 과장이 나긋한 목소리로 탁대를 불렀다.

"조 주무관! 이리 좀 와요."

'엥? 이게 웬?'

탁대는 귀를 의심했다. 너무나 예우를 갖추고 봄날 팔랑팔랑 떨어지는 벚꽃 잎보다 부드러운 목소리였기 때문이다.

"가 봐요."

얼떨떨해하는 탁대를 윤아가 떠밀었다.

"업무파악 좀 해야 하는데요? 민원 올라온 것도 봐야 하고……."

화면을 바라보던 탁대가 엉거주춤 대답했다. 전자민원 게시판에 주차 문제가 하나 떠 있었기 때문이었다.

"괜찮아. 지금 그런 게 문제인가?"

은 과장은 아무렇지도 않다는 표정을 지었다.

'세상살이 새옹지마라더니…….'

탁대는 화면을 닫고 은 과장 앞으로 걸어갔다.

"하나 뽑아보겠나?"

그래도 은 과장인 건 확실한 모양이다. 탁대는 뻘쭘했다. 사선에서 돌아온 부하의 첫 출근에 기껏 타로카드 점이라니… 대체 뭘 원하는 거란 말인가?

슬쩍 투시 마법을 써보았다. 데스는 맨 위에 없었다. 맨 아래에도 없었다. 데스는 딱 가운데 있었다. 탁대는 그걸 골라 뽑았다.

"헐~!"

데스.

맨 위가 아니라 중간에 꼭꼭 감춰둔 걸 뽑아 들자, 은 과장은 입을 다물지 못했다.

"역시 국민영웅은 뭐가 달라도 다르군. 그러니 기적을 일으키지."

"지난번에는 그렇게 말하지 않았던 것 같습니다만……."

탁대가 슬쩍 염장을 질렀다.

"아니야. 타로 카드는 해석법이 여러 가지거든. 정방향도 있고 역방향도 있고… 게다가 상황에 따라 임기응변도 필요하고…….."

'그런 거 연구할 시간에 부서 직원들 사기진작이나 공부하시지…….'

"아무튼 시장님실로 가자고. 자네 출근하면 만사를 제쳐 놓고 데려오라 하셨거든."

"저기… 국장님과 부시장님도……."

용 팀장이 잽싸게 끼어들었다.

"알았어, 알았어. 내가 다 알아서 한다고."

은 과장은 탁대의 등을 밀었다.

"그럼 다녀오십시오. 탁대 씨도!"

용 팀장은 쓸데없이 복도까지 따라 나와 배웅을 해 주었다. 다른 때 같으면 탕비실에 들어가 한잠 때릴 시간임에도 불구하고!

"이어, 국민영웅 조탁대!"

시장실에 들어서기 무섭게 김성곽이 악수를 청했다. 시장실에는 의회 의장도 자리하고 있었다.

"자네가 온다는 소식을 듣고 의장님도 오셨지 뭔가?"

시장의 말을 들은 탁대는 의장을 향해 목례를 올렸다.

"대단해. 덕분에 우리 봉황시 위상이 확 높아졌네."

의장도 기꺼운 모습이었다.

"다 시장님과 의장님이 바른 시정을 펼쳐 주신 덕분입니다."

은 과장의 입에 발린 말을 들으며 탁대는 자리에 앉았다.

"몸은 어떤가?"

시장도 일단은 탁대의 건강부터 챙겨주었다.

"이제 움직일 만합니다."

"아무튼 진짜 대단했네. 자네 덕분에 나도 유명세 좀 치뤘다네."

시장이 신문을 꺼내놓았다. 여기저기서 시장 김성곽의 인터뷰 모습이 보였다.

"우리 의회도 마찬가지입니다. 전국 의회에서 전화가 걸려오는데 진짜 월드컵 4강 기쁨에 못지않았어요."

의장도 질세라 한마디를 보탰다.

"저는 그저 할 일을……."

"예끼, 사람이 너무 겸손해도 못 써. 아, 말이 나왔으니 말이지, 그게 아무나 할 수 있는 일인가? 자네야말로 우리나라 공무원의 표상일세."

탁대의 말을 들은 의장이 침을 튀기며 말했다.

"그래서 말인데……."

묵묵히 듣고 있던 시장이 천천히 뒷말을 이었다.

"대통령의 지시도 있고 해서 자네를 특진시키기로 했네."

'특진?'

직함이 주는 무게감 때문에 긴장하고 있던 조탁대. 그 머리에 알전구가 번쩍 불을 밝혔다.

*　　　*　　　*

특진!

특진!

특진!

한 단어가 탁대의 뇌리를 오래 흔들었다. 동시에 어리벙벙했다. 대통령의 입에서 나온 말을 들었지만 그렇다고 진짜, 그것도 전격적으로 시장이 입을 열리라고는 생각지 못했던 탁대였다.

"우리 의장님께서도 흔쾌히 지지하시기로 했으니 별문제는 없을 걸세."

시장의 눈빛이 의장에게 향했다.

"그야 당연한 일이죠. 조탁대 공무원을 승진시키지 않으면 누구를 시킨단 말입니까?"

의장 역시 잘라 말했다.

"뭐하나 이 사람아? 어서 고맙다고 인사드리지 않고."

보고 있던 은 과장이 탁대 옆구리를 찔렀다.

"고, 고맙습니다."

"지금 인사과에서 실무 작업 중일 테니까 그렇게 알고 앞으로도 더 모범적으로 임해주기 바라네."

"네."

특진!

복도로 나온 후에도 그 말은 탁대의 머리에 인공위성처럼 떠돌았다. 꿈은 아니었다. 시장과 의장이 모여한 말이다. 그렇다면 헛소리로 끝날 일도 아니었다.

놀라움의 끝은 그게 아니었다. 교통과 복도 앞을 가득 메운

인파들. 그건 박복자가 끌고 온 아파트 부녀회와 그녀의 계모임 멤버들이었다.

"박수!"

솥뚜껑 같은 손을 가진 사모님들이 치는 박수는 우레와 같았다. 꽃은 또 얼마나 많은지. 탁대는 거의 장미에 묻힐 지경이었다.

"너희들, 자랑스러운 줄 알아. 이분이 바로 우리 시 주정차 담당이며, 정의의 사도이며, 초개 같은 희생정신으로 시민의 안전을 위해……."

"사모님, 너무 오버하시면……."

박복자의 목소리가 점점 높아지자 탁대가 슬쩍 제동을 걸었다.

"아무튼 박수!"

박여사는 또 한 번 천둥 같은 박수로 시청 건물을 흔들고 퇴장했다. 정신이 하나도 없었다.

"자네 진짜 관운이 좋군. 공무원 명부에 올린 이름이 마르기도 전에 특진이라니."

탁대가 꽃다발을 안고, 끌고 들어서자 먼저 돌아와 있던 은과장이 또 한 번 감탄했다.

"조탁대가 특진한다는군. 다들 박수!"

다시 박수의 시작이다. 업무를 보던 직원들은 빠짐없이 일어나 박수를 쳐 주었다.

"고맙습니다."

탁대는 가벼운 목례로 답례를 올렸다.

"오빠, 축하해요. 우리는 현장 단속 나갔다 올게요."

혜자와 명하는 주체할 수 없는 꽃을 차곡차곡 챙겨 주고는 복도로 나갔다.

"잠깐만, 나도 같이 가!"

탁대는 혜자 일행을 세웠다. 홈페이지에 올라온 민원 제기를 확인하고 출장을 갈 생각이었다. 아직도 탁대가 돌아보지 못한 문제 구역들이 많이 남은 까닭이었다. 하지만 그 계획은 용 팀장의 제지에 막혔다.

"자넨 다른 업무가 있네만."

"무슨 업무요?"

"CCTV 단속 시스템 말일세. 그거 마무리해야지."

"그게 오늘입니까?"

"그 업무대행 맡은 곳에서 오늘 들어온다고 했어. 해를 넘기면 곤란하거든."

"그렇군요."

탁대는 나가려던 마음을 접었다. CCTV 단속과 문자알리미 시스템. 비록 탁대가 추진한 계획은 아니었지만 어쨌든 현재의 담당자는 조탁대였다.

"자네 없을 때 내가 테스트에 참가했는데 특별한 문제는 없더군. 그러니까 대충 검수하고 설치현장 사진이나 박아 두도록."

"예."

점심시간이 되기 전에 업자들이 들어왔다. 탁대는 그들을 따라 현장설치작업 실사를 나갔다.

"성능이나 기기구성에 대해서는 팀장님께 다 설명을 드렸습니다."

업자 측의 기사가 말했다.

"그럼 별문제가 없는 건가요?"

"팀장은 그렇게 말하시더군요. 다른 지자체보다 월등한 거 같다고……."

"그래요?"

"바쁘시면 먼저 들어가십시오. 저희가 계획서대로 다 설치하고 시험운용까지 마친 후에 보고하도록 하겠습니다."

"아닙니다. 구경도 할 겸……."

"꽤 걸릴 텐데요?"

"괜찮습니다."

"에이, 국민영웅을 밖에 세워두면 우리가 욕먹을까 봐 그러죠."

기사의 말은 괜한 게 아니었다. 신기하게도 탁대를 알아보는 시민들이 있었다.

"그 사람이야, 그 9급 공무원……."

"어머, 어머머!"

이 정도는 약과고 심지어는 인사를 하는 사람도 있었다.

"안녕하세요."

몇몇 여학생은 비타민 음료를 내밀며 사인까지 청했다. 방송의 힘이 무섭긴 무서웠다.

"그것 보세요. 그만 들어가시라니까요. 장비 확인도 팀장님이 다 했으니 설치 사진만 첨부하면 되거든요."

"그럼 밥 좀 먹고 오겠습니다."

"아니, 식사하실 거면 저희랑 같이……."

"아닙니다. 저는 좀 들릴 곳도 있고……."

탁대는 손사래를 치고 기사를 뿌리쳤다. 그런 다음 멀지 않은 곳에 자리한 박물관 쪽으로 향했다. 박물관에는 오늘도 유치원 꼬마들이 견학을 와 있었다. 풍경은 사고가 나던 그날과 비슷했다.

가만히 언덕 위를 보았다. 오늘은 차가 없었다. 이건 공무원들의 특장점(?)이다.

뭔가 사고가 나면 득달같이 조치를 한다. 그게 또 아무 데나 같은 규정을 적용해서 문제이긴 하지만…….

'이번 일을 계기로 지나친 경사에는 대형차의 주차를 금하는 의견을 올려봐야겠어.'

탁대는 간단히 김밥이나 한 줄 먹을 생각으로 분식집엘 들렀다.

"어서 오세… 어머!"

탁대를 본 김밥집 아주머니가 놀라 고개를 들었다.

"왜요?"

"그 국민영웅 9급 공무원?"

허얼, 김밥집 아주머니도 탁대를 기억하고 있었다.

"앉으세요. 오늘 김밥은 공짜로 드릴게요."

아주머니는 분식집 안에 있는 메뉴를 전부 공짜로 제공했다. 김밥에 순대, 오뎅과 떡볶이까지 먹고 나자 더는 들어갈 곳이 없었다.

"돈은 필요 없어요. 나도 국민영웅한테 한턱 좀 써보자고요."

"국민영웅이라뇨……."

"아니면요? 요즘 공무원들이 다 복지부동인데 목숨 걸고 아이들을 구했다면서요?"

"그건 그냥……."

"어휴, 나도 조탁대 씨 같은 담당자를 공무원으로 만나야 하는 건데……."

아주머니가 돌연 한숨을 쉬었다.

"왜 그러시는데요?"

"저거 말이에요. 저렇게 세워서 남의 간판을 가리고 영업을 방해하는데, 민원실에 물었더니 여긴 주차허용구역이라 문제가 없다네요."

아주머니가 가리킨 곳은 가게 앞이었다. 들어올 때부터 육중하게 버티고 서 있던 트럭이 탁대 눈을 치고 들어왔다.

주차허용구역에 아슬아슬하게 걸쳐 세워진 차량. 단속 대상은 분명 아니었다. 더욱 다행인 건 아주머니가 탁대가 주정차담당공무원이라는 걸 모른다는 거였다.

"자주 세워 놓나보죠?"

"점심때마다 세워요. 분식집 장사가 점심 한때인데 기사가 워낙 무대뽀라 말도 안 통하는 데다 차가 너무 커서 간판을 가리니……."

"그럼 아주머니 차를 미리 세우시지 그래요?"

"차가 있어야 말이죠. 그래서 물통을 내다놨다가 큰 봉변까지 당했어요. 우락부락한 사람이 여기가 네 땅이냐고 따지고 드는데 정말⋯⋯."

아주머니는 몸서리를 쳤다. 안 봐도 알 것 같았다. 목소리 큰 사람이 이기는 세상. 연약한 분식집 아주머니가 거친 트럭 기사를 당해낼 리는 만무했다.

"그럼 수고하세요."

탁대는 그릇 밑에 만 원을 슬쩍 찔러놓고 나왔다. 마음은 고맙지만 트럭 주차 문제까지 있는 차에 얻어먹을 수는 없는 노릇이었다.

'주차허용 구역의 트럭이라⋯⋯.'

방법이 없을까 궁리하던 탁대의 눈이 번쩍 뜨였다. 해답은 트럭의 뒷바퀴에 있었다. 뒷바퀴의 절반, 좀 치사하지만 거기서부터는 주차 금지구역이었다.

탁대는 근처에서 근무 중이던 혜자의 지원을 요청했다. 주정차 단속 스티커를 가지고 나오지 않은 것이다.

"뭔 짓거리야? 여긴 주차허용구역인데?"

경고장을 붙이고 다시 과태료 용지를 꺼낼 때 근처 식당에서 밥을 먹던 기사가 뛰어나와 거품을 물었다.

"그건 압니다만 일부 침범하셨습니다."

탁대는 공손하게 설명했다.

"일부? 무슨 일부?"

기사는 펄펄 뛰었지만 탁대가 뒷바퀴를 가리키자 표정이 굳어 버렸다.

"조금 닿았지요?"

"니기미, 이것도 닿은 거야?"

"어쨌든 위반은 위반입니다."

"아, 열 받네. 이것들이 세금 뜯어내려고 작정을 했나?"

"차를 저쪽으로 대면 문제가 없을 것 같습니다만……."

탁대는 분식집 위편을 가리켰다. 거긴 작은 담장이 있어 주차를 해도 영업에 방해가 될 거 같지 않았다.

"누가 몰라? 난 내 차를 보면서 밥을 먹어야 마음이 편하다고."

"어쩌시겠습니까? 여긴 집중단속구역이라……."

"으아, 존나 깝깝한 공무원들이네. 야, 이 정도도 못 봐주냐?"

"옮기시겠습니까? 아니면 딱지 끊을까요? 옮기시면 봐드리겠습니다만……."

탁대는 담담하게 대꾸했다.

"못 옮기겠다, 왜?"

기사는 한 손으로 트럭을 짚은 채 탁대를 밀어붙였다.

"옮기는 게 좋을 걸요."

넌지시 기사를 윽박지르는 탁대.

"어쭈? 공무원이 선량한 시민을 협박하냐?"

"그게 아니고 여기 주차하면 본드 귀신이 붙는다는 소문이 있어서……."

"본드 귀신? 이 쉐리가 지금 누구 데리고 노……?"

한 대 때리기라고 할 듯 자세를 취하던 기사의 표정이 하얗게 변했다. 트럭을 짚은 손이 떨어지질 않은 것이다.

"이, 이거 왜 이래?"

"본드 귀신 있다고 했잖아요. 전에 여기서 본드 마시고 놀던

양아치들이 얼어 죽은 후로 누군가 주차만 하면……."

"아, C8… 뭐야?"

기사는 용을 쓰며 몸부림을 치지만 마법이 발현되었으니 떨어질 리가 없었다.

"그거 떨어지는 주문 알려드려요?"

"이 새끼가 지금 누구 놀리나?"

"뭐 싫으면 관두세요. 듣자니 저번 기사는 119 불렀더니 손바닥을 외과 칼로 한 겹 도려내고 떼었다던데?"

탁대는 넌지시 겁을 주고는 돌아섰다.

"야, 그, 그 주문이 뭔데?"

사색이 되어 마지못해 입을 여는 기사.

"주문이 통하면 바로 차 빼는 겁니다."

"그, 그러지……."

"다시는 대지 않는 겁니다."

"C8. 주문이나 대봐. 짜샤!"

"손바닥에 침 세 번, 그 손으로 이마 세 번 치기!"

"뭐야?"

황당한 기사가 눈을 부라렸다.

"뭐, 저번 기사도 땍땍거리다가 그렇게 하니까 떨어지던데?"

승기를 잡은 탁대는 한껏 여유를 부렸다.

"오빠… 어쩌려고요?"

지켜보는 혜자는 걱정이 앞서는 모양이었다.

기사는 고래고래 악을 쓰며 몸부림을 쳐보지만 그럴수록 힘만 빠졌다. 결국 그는 손바닥을 바라보게 되었다.

"개쉐리, 이거 안 통하면 시민 우롱했다고 시청을 박살내 버릴 테다!"

그 말과 함께 기사는 퉤퉤퉤 침을 뱉었다.

"저리 고개 돌려. 짜샤!"

기사는 그 와중에도 갈기를 세우며 탁대네를 닦아세웠다. 슬쩍 먼 산을 보는 척하던 탁대는 기사의 손이 이마를 철썩철썩 세 번 치는 순간 슬며시 마법을 풀었다.

"엇!"

마법이 풀리자 기사는 제풀에 나뒹굴었다.

"거봐요. 본드 귀신 있다니까!"

"으아아!"

몇 번이고 손바닥과 트럭을 확인하는 기사. 결국 사색이 된 기사는 트럭을 몰고 달아났다. 우윳빛이 된 얼굴로 보아 이 근처에는 얼씬도 안 할 것 같았다.

그걸 본 분식집 아주머니가 미사일처럼 뛰어나왔다.

"세상에, 대체 어떻게 한 거예요?"

"좋게 말하니까 알아먹던데요?"

탁대는 아주머니를 향해 가벼운 목례를 올렸다.

탁대의 전화기가 울린 건 그때였다.

"여보세요!"

ㅡ나 박 주임이야. 인사과에서 찾으니까 사무실로 들어와.

'인사과?'

전화를 끊은 탁대가 혜자를 돌아보았다.

"바로 특진시키려나 봐요."

대화를 들은 혜자가 반색을 했다.

"설마?"

"빨리 들어가 보세요. 특진하면 한턱내는 거 잊지 말고요."

혜자는 꾸물거리는 탁대의 등을 힘껏 밀었다.

"조탁대?"

인사과에 들어서자 수더분한 인상의 팀장이 탁대를 바라보았다.

"그렇습니다."

"유명인사를 직접 보니 영광이군."

"……."

"특진될 예정이라는 소리를 들었지?"

"예."

"우리도 시장님 지시받고 추진 중이네."

팀장이 말하는 동안 여직원 하나가 서류를 가지고 와서 테이블 위에 올려놓았다.

"솔직히 말하면 골치가 좀 아프군."

'응?'

그 한마디가 탁대의 귀를 뚫고 지나갔다. 불길한 느낌이었다.

"이게 전례가 없어서 말이야."

팀장은 관련법규를 찾아들었다.

〈특진 규정〉

탁대가 전에 한번 살펴본 그 규정이었다.

"혹시 이 규정을 아나?"

"보기는 했습니다."

"이 규정에 의하면 자네는 특진대상이 분명하네."

"……."

"그런데 불행하게도 여기에 배치되는 또 다른 규정이 있네."

"……?"

팀장은 또 다른 종이를 내밀었다. 그건 바로 공무원 승진 소요에 관한 최저 연수라는 규정이었다.

9급에서 8급 승진—1년 6개월 이상.

"바로 이 규정 때문에 특진이 난관에 봉착했네."

"저는 잘 이해가 되지 않습니다만……."

"나도 그러네. 아까 말했다시피 나도 이런 경우는 처음이거든."

"……."

"간단히 말하면 이래. 시장님은 자네를 특진시켜 주라고 하는데 9급에서 8급은 당해 직급에 임용된 지 1년 6개월이 지나야 가능하다 이걸세. 그런데 자네는 임용된 지 얼마 안 되니까 그 조건을 충족할 때까지 기다려야 하는 거야."

"그건 너무 억지 같은데요?"

"나도 알아. 대통령께서도 약속한 일이고 시장님도 지시를 내렸어. 그러니 그냥 특진시키면 되는 거지 규정이 뭔 헛소리냐고 할 사람이 많다는 것도."

"……."

"하지만 우리는 공무원이잖나? 법에 규정되지 않은 일은 할 수가 없다는 걸세."

"그럼 특진이 불가능하다는 겁니까?"

"일단 상황이 이렇다는 걸 통보하는 거야. 방법을 찾아봐야지."

"……."

"미안하네. 엄청난 일을 해냈는데도 규정 타령이나 하고 있어서……."

솔직히 탁대는 코털만큼도 공감되지 않았다. 다른 사람도 아니고 대통령이 한 말이다. 뒤이어 시장과 의장도 특진을 명령했다. 그러니 뭐가 문제란 말인가? 규정이고 나발이고 그냥 특진시키면 그만이지.

"자네 입장에서는 이런 규정이 못마땅하기도 하겠지만……."

팀장은 특진규정과 직급별 승진소요에 관한 연수에 대해 간단히 설명을 했다.

만약 그런 규정이 없다면, 그러다 권력자의 친인척이 들어오거나 혹은 기관장이 마음먹고 한 사람을 밀어 준다면, 몇 년 만에 9급이 1급이 될 수도 있는 부작용을 막기 위해서란다.

실제로도 그런 일이 있었단다.

권력이 서슬 푸른 날을 세우던 5공화국 시절 서울시에서 일어난 일이다. 당시 하위직이던 공무원이 초고속으로 승진해 나갔다. 나중에 알고 보니 '그분'의 친척이었고 지조 없는 관리들이 알아서 기느라 팍팍 승진 인심을 썼던 것이다.

"뭐, 딱히 문제가 있다면 특진 안 해도 상관없습니다. 특진 바라고 한 것도 아니고 열심히 일하다 보면 8급은 금방 달 수 있는 거 아닙니까?"

탁대는 담담하게 말했다. 맹세코 진급에 눈이 멀어 한 행동은 아니기 때문이었다.

"8급?"

탁대의 말을 들은 팀장이 눈자위를 모으며 물었다.

"네."

"웬 8급? 지금 자네 특진은 7급으로 추진하고 있는 거야."

'7급?'

탁대는 눈을 휘둥그레 떴다. 특진이라기에 당연히 한 직급 오르는 8급으로 알았다. 그런데 언감생심 7급이라니?

"아무튼 최선을 다해볼 테니 나가보게."

팀장의 설명이 끝나자 탁대는 복도로 나왔다.

'8급이 아니고 7급이라고?'

말이라도 뿌듯했다. 선망의 대상이던 7급 지방행정주사보. 보기만 해도 어쩐지 중심이 잡힌 것 같은 지방 중견 공무원. 그 걸 단숨에 꿰찰 수 있다니. 마더가 본 점괘가 맞는 걸까? 관운도 보통 관운이 아니었다.

'두 단계를 오르면 남은 건 6급, 5급……'

거기까지 질러가던 탁대는 심장이 확 멈추는 것을 느꼈다.

'7급?'

갑자기 뭔가가 허전했다. 마치 밟았던 계단 중간이 폴싹 무너진 것처럼 말이다. 숨조차 쉬지 않고 골똘하던 탁대의 입에서 비명 같은 절규가 터져 나왔다.

"악! 7급은 절대 안 돼!"

『9급 공무원 포에버』 4권에 계속…

이모탈 퓨전 판타지 소설
FUSION FANTASTIC STORY

워리어
Warrior

최강의 병기 메카닉 솔져,
판타지 세계로 떨어지다!

서기 2051년.
세계 최초의 메카닉 솔져 이산은
새로운 세계에 발을 딛게 된다.

"나는… 변한 건가?"

차가운 기계에서 따뜻한 피가 흐르는 인간으로!
카이론의 이름으로 새롭게 시작하는
진정한 전사의 일대기!